LES SAISONS DU PARADIS

DU MÊME AUTEUR

Roman

Port Shelby, Flammarion, 1990.

Nouvelles

Version originale, Le Dilettante, 1988.
Olympes, Balbec, Bibliothèque de littérature française contemporaine, 1989.
Un siècle et demi de bonheur, Le Dilettante, 1990.

PIERRE-EDMOND ROBERT

LES SAISONS DU PARADIS

Roman

LE GRAND LIVRE DU MOIS

ISBN 2-08-066733-5
Imprimé en France

I

Je m'appelle Adam. Vous parlez d'un début ! Dans notre famille, ce fut plutôt une fin puisque ma sœur m'avait précédé de quatre années et qu'après moi mes parents n'eurent pas d'autres enfants. Ils avaient tout fait à l'envers, parce que ma sœur s'appelle Zoé. De la dernière lettre de l'alphabet ils étaient remontés directement à la première. Impossible d'aller plus loin ! Et dans la généalogie humaine aussi j'étais aux origines, tout à fait aux avant-postes de l'Histoire, vraiment le fondateur de toutes les dynasties. Même si chaque homme est un commencement, je partais avec le premier dossard.

— Adam ne figure pas dans le calendrier !

On s'était exclamé dans ma famille maternelle. Chez les Casté on était à cheval sur ces choses-là.

Dans le calendrier, en partant du commencement mais en descendant toutefois d'une génération, il y avait bien Abel — suivi d'Achille et d'Adolphe. Adolphe, l'année de ma naissance, en 1938, était une allusion gênante à l'actualité. On n'admirait pas véritablement Hitler dans la bourgeoisie bordelaise. Dans l'affaire des Sudètes, on trouvait que le chancelier allemand était allé trop loin. Il allait annexer la Tchécoslovaquie : ça faisait gros. Depuis Munich, on peut le dire, Adolphe ne se portait plus. Achille, en revanche, faisait classique. Après l'armement naval, la poésie grecque avait été la passion de Père. Il possédait les épiques sur le bout du doigt. Il pouvait réciter des vers de *L'Iliade* par douzaines : des gerbes, des bottes entières de pentamètres, avec la scansion convenable. Il aimait par-dessus tout les funérailles de Patrocle, l'ami, l'alter ego d'Achille, comme il le soulignait avant de déclamer. Abel, c'était le même problème que pour Achille ; il aurait manqué l'autre, le frère : Caïn. Mais qui veut s'appeler Caïn ? Avec un tel prénom, inutile d'espérer qu'on vous accorde jamais le bénéfice du doute. Impossible de plaider les circonstances atténuantes. À la moindre peccadille, la plus petite tentation, même en pensée, on était bon pour le bagne, la guillotine peut-être. On n'en plaisantait pas encore, dans la bonne société.

Zoé, en revanche, avait son nom dans le calendrier. Sa fête tombe le 15 mars. Évidemment, je vous parle du calendrier de l'époque, celui d'avant le dernier concile, d'avant le déluge, pour ainsi dire, et tous les bouleversements historiques, philosophiques, les chassés-croisés de saints et de bienheureux. Et comme les années, les calendriers passent. Un jour, je parlerai de choses dont personne ne se souviendra plus.

Adam et Zoé : on aurait dit les personnages d'illustrés pour la jeunesse — Adam, le garnement mauvaise tête mais bon cœur, et Zoé, la fille au franc sourire... Zoé ne souriait pas beaucoup ; elle avait plutôt une manière bien à elle de faire la moue devant les choses qui nous arrivaient, les gens que l'on nous montrait.

— Voici l'alpha et l'oméga !

Père nous présentait ainsi dans les réunions de famille, le dimanche après-midi, chez la tante Victoria, sa sœur à lui ; des réunions que même la guerre n'avait pas interrompues. En l'entendant nous annoncer de la sorte, les douairières les plus dévotes qui s'étaient assoupies dans leur bergère Louis XVI revenaient d'un seul coup à la vie et se tournaient vers un de nos cousins, en soutane à la romaine, jeune archiprêtre à Saint-Ferdinand. Elles guettaient sa réaction devant le demi-sacrilège qui les avait fait sursauter. Mais notre cousin avait depuis peu pris l'habitude de ne rien révéler de ses sentiments et restait impénétrable aux regards tournés vers lui. Zoé et moi, nous avons appris par la suite qu'il avait été un séminariste jovial, boute-en-train des repas de baptême ou de communion. En s'élevant dans la hiérarchie ecclésiastique, il avait cessé de sourire et ses yeux étaient devenus froids derrière de petites lunettes rondes, cerclées en plaqué or, un peu à la Pie XII, le nouveau pape. C'était la mode de l'époque, chez les théologiens.

Saint-Ferdinand est à deux pas de l'archevêché, mais pour les franchir en une seule enjambée il ne fallait pas commettre d'erreur. À la première défaillance, la plus légère hésitation, on vous éloignait dans une paroisse ouvrière, au fond d'une banlieue comme Léognan, ou alors dans une cure de l'arrière-pays landais, du côté de Langon, par exemple. Ce sont des endroits oubliés de Dieu : que des noms en *L* ! L'enfer, *Hell,* en anglais. Notre archiprêtre, tout le monde le voyait en violet évêque, et, pourquoi pas, en rouge cardinal. Il y a des familles où on chante ses propres louanges, où on se félicite en alexandrins du nombre de maréchaux, d'amiraux, de coadjuteurs et de primats qui portent votre nom. Ce n'était pas tout à fait le cas de la nôtre ; il était donc temps de se retrousser les manches et de se mettre à l'ouvrage.

— L'alpha et l'oméga, répétait Père.

L'apha et l'oméga de sa vie ? Comment savoir ? Et nous ne savions pas grand-chose non plus de l'alphabet grec. Père, justement, mettait un *y* à son prénom, Henry. En Angleterre aussi, c'est un nom de roi. On était anglophiles chez nous. À la maison, je n'appelais Zoé que « Sister » ou même « Sis ». Elle ne me rendait pas la pareille, n'entrant pas dans ce maniérisme. Elle avait échappé de peu à Rebecca ou à Emily, et peut-être à Rebecca-Emily, parce que Mère avait lu avec ferveur deux siècles de romans anglais. À Bordeaux, dans notre monde, on n'ignorait pas le nom de leurs héroïnes — les petites filles, les amoureuses, les démentes. On pouvait évaluer le contenu des bibliothèques familiales à la seule lecture des listes de classes à Sainte-Clotilde, où Zoé retrouvait dans les couloirs de cette vénérable institution des jeunes filles tout droit descendues de rayons garnis de livres reliés en vert bronze ou brun tabac. Nous avions les mêmes volumes, et aussi toute la littérature française, de Montaigne et Montesquieu jusqu'à Mauriac — les Bordelais d'abord.

— Mauriac n'est peut-être pas à mettre entre toutes les mains. Il s'adresse à des lecteurs avertis...

Notre futur archevêque, un de ces dimanches de la dernière année de la guerre, avait donné à sa remarque un ton dubitatif. Cette réticence rhétorique échappa aux douairières qui s'étaient rendormies dans leur fauteuil. Elles attendraient ainsi la fin du conflit mondial, comme on disait.

Elles n'entendirent pas non plus la suite de la

conversation : Père demandant en aparté à l'ecclésiastique son sentiment sur les récentes déclarations de l'épiscopat. *La Semaine religieuse* du diocèse de Bordeaux ne venait-elle pas de publier une lettre pastorale de l'archevêque dans laquelle il flétrissait « le bolchévisme qui s'avance aux portes de l'Europe » ?

Pour toute réponse, notre cousin avait haussé les sourcils, puis fermé les yeux dans une grimace douloureuse de flagellant, avant de les rouvrir en les dirigeant vers l'armoire-bibliothèque du salon, comme s'il renvoyait son interlocuteur aux siècles de sagesse qui y étaient déposés.

Outre les auteurs déjà cités, notre bibliothèque contenait aussi (mais dans des éditions simplement brochées) les œuvres complètes des frères Tharaud. Il est vrai qu'ils appartenaient un peu à la région, étant originaires du Limousin, ce qui, pourtant, est loin d'être la même chose. Ils bénéficiaient d'un regain d'intérêt depuis que l'aîné des deux frères, Jérôme, avait été récemment élu à l'Académie française.

— Ils ne pouvaient, à deux, prendre place sur le même fauteuil, avait ironisé Père.

Du côté de Mère, chez les Casté, on était bibliophiles. On s'enorgueillissait d'une collection de romantiques français. Mère devait à Lamartine son prénom : Jocelyne.

Quant à moi, j'avais échappé à William. Ça fait poire. Mais je n'avais pas fait mieux : mes camarades, à l'école des frères, ne m'appelaient que « ma pomme », à cause, bien sûr, de « pomme d'Adam ». Ils ont chanté mon surnom en imitant Maurice Chevalier, ces petits mariolles à peine sortis des jupes de leur mère, et cela pendant tout le premier trimestre, quand ils ne me demandaient pas à tout bout de champ s'il ne me manquait pas une côte, celle d'où Ève naquit — un truc qui, toute plaisanterie mise à part, m'épatait à six ans. L'affaire s'est terminée à coups de poing dans une cour de récréation. Je n'ai pas vraiment eu le dessus, mais on n'aimait pas la bagarre chez les frères, ni le genre voyou. On y a aussitôt mis le holà. Et puis, comme pour n'importe quelle scie, à force de la seriner, tout le monde s'en était lassé. Les noms, ça vous colle à la peau ; le mien m'avait rendu un peu sauvage. Si j'avais le temps, je pourrais vous écrire un fort volume sur ma différence, essentielle, capitale, irréductible ; vous expliquer que je n'étais pas tout à fait comme les autres garçons de cette école des frères, vous énumérer mille nuances. Mais pour la littérature, il faut des loisirs. Je n'en ai guère eu. L'accélération de l'Histoire, je l'ai observée de près ; je l'ai vécue dès ma première enfance. J'étais à peine né que les événements se précipitaient. Deux ans après, on était en guerre. Les désastres n'en finissaient plus.

Chez la tante Victoria, malgré la guerre, on continuait à servir le thé, le dimanche après-midi. La pénurie, les restrictions dont tout le monde parlait, n'avaient pas épuisé sa provision d'*Orange pekoe.* Elle en laissait longuement infuser les feuilles dans la théière de son service en porcelaine de Limoges qui ne devait servir qu'à cette occasion. Des demi-lunes Olibet, compactes comme les années de l'avant-guerre que je n'avais pas connues, accompagnaient le liquide brunâtre où flottaient des brindilles noires. Les manuels de savoir-vivre interdisent de tremper quoi que ce soit — brioches, pain grillé, madeleines — dans sa tasse de thé (et même dans le café au lait du matin, pour lequel, il est vrai, l'absence de témoins autorise tous les égarements). Tout le monde autour de moi en connaissait les règles, savait aussi bien résoudre dans un dîner diplomatique les questions de préséances les plus épineuses que rédiger une lettre de condoléances à l'adresse d'un ministre plénipotentiaire ou du nonce apostolique.

Notre futur légat du pape (car c'était bien le moins à quoi il pût prétendre) avait refusé, ce dimanche-là encore, les gâteaux secs et s'était contenté de quelques gorgées du liquide trouble, bues sans presque desserrer les lèvres. Peut-être pensait-il aux pauvres ; du moins pouvait-il se réjouir que ce brevage-là leur fût épargné. Quant à moi, je résistai une fois de plus ce jour-là au désir de laisser s'amollir dans ma tasse un morceau de biscuit, si friable qu'il s'émiettait sous les doigts, et j'en mastiquai interminablement des bouchées, les avalant d'un seul coup malgré ma crainte de mourir étouffé.

La conversation continuait de rouler sur des événements qui avaient lieu loin de chez nous — de l'autre côté de la Méditerranée, du Pacifique même, à l'autre bout de la Terre. On sentait la conclusion proche ; on retenait son souffle. L'avenir était, comme toujours, à la fois prévisible et incertain. Le maréchal Pétain pouvait-il continuer à sauver la France ? Le général de Gaulle ne faisait toujours pas l'unanimité. On revenait sur le passé, les causes lointaines, les causes immédiates, le déclenchement des hostilités. L'argumentation devenait serrée, les allusions prenaient un tour érudit.

Quelqu'un soupira :

— L'Histoire dira si M. Daladier a eu tort ou raison d'agir comme il l'a fait.

Père choisissait de mettre tout le haut commandement français dans le même sac, avec peut-être une exception pour le généralissime Gamelin, malgré la débâcle de 1940 — ce dont un chef n'est pas forcément responsable, et c'est même tout le contraire quand on y réfléchit —, parce qu'il était, comme lui, helléniste.

C'était le moment pour nous les enfants de quitter le salon, notre devoir accompli, et d'aller jouer dans le jardin. Il était étroit et cerné de murs comme un corridor de prison. On y accédait par une véranda aménagée en jardin d'hiver « à la mauresque ». L'oncle (nous ne l'avons pas connu) y avait accumulé des plateaux de cuivre repoussé, des tabourets et des tapis rapportés du Maroc. Après avoir piétiné un moment le gravier humide de l'unique allée du jardin, orné de trois palmiers nains et d'un bananier rabougri, nous revenions dans la véranda exotique.

Le jour dont je parle, un autre de nos jeunes cousins, Louis, d'ailleurs le neveu de l'archiprêtre de Saint-Ferdinand, sans doute inspiré par le décor, proposa d'y mettre en scène les *Mille et Une Nuits*. Il en avait découvert chez lui une édition inexpurgée. La tête ceinte d'un foulard, il déclara être le calife de Bagdad.

Il nous annonça :

— Et maintenant, nous allons fouetter les esclaves !

Une fille poussa un cri, mais personne ne courut vers la porte pour échapper aux sévices qui nous étaient promis.

Louis, qui avait détaché sa ceinture et la faisait claquer au-dessus de sa tête, demanda :

— Qui sera la belle captive ?

Thérèse, une amie de Zoé, voulut bien se sacrifier. Louis, aidé d'un séide, l'obligea à s'agenouiller, la tête posée sur un des tabourets mauresques.

— Il faut lui bander les yeux, lança quelqu'un.

Une écharpe aux couleurs des enfants de Marie aveugla bientôt la future martyre. Louis releva sa robe ornée de falbalas, découvrit ses bas blancs qui s'arrêtaient aux genoux, et au-dessus des cuisses pâles qui me parurent incroyablement charnues, écœurantes même, et dont pourtant je ne pouvais détacher mon regard. La malheureuse, maintenue par les aides du bourreau, se trémoussait de droite et de gauche, simulacre d'une tentative de fuite qui exaspérait à la fois la pitié et le désir de voir le supplice s'accomplir. Elle commença à geindre aussi, faiblement, une plainte monotone qui imposa le silence dans la pièce. Je remarquai qu'elle avait conservé ses chaussures : des escarpins vernis — le raffinement féminin, guerre ou pas —, aux talons usés, toutefois.

Louis s'était maintenant placé derrière elle, agaçant sa victime du bout de la ceinture qu'il tenait enroulée au poing. Mon Dieu, il fallait il en finir !

— Que faites-vous, les enfants ?

C'était Mère qui, intriguée par le silence soudain régnant sur la véranda, avait quitté le salon, venait vers nous.

S'étonna-t-elle de découvrir Thérèse à genoux, les yeux bandés, et à côté d'elle Louis brandissant une ceinture de cuir au milieu d'un cercle de spectateurs figés par l'émotion ? Elle n'en laissa rien paraître, s'exclamant :

— Dépêchez-vous ! On vous attend pour partir.

Cela s'adressait en premier lieu à Zoé et à moi, mais valait pour les autres aussi. Certes, ce n'était pas encore l'heure du couvre-feu, mais la visite à la tante Victoria faite, on ne s'attardait pas. Et puis le charme était rompu, aussi bien entre nous que dans le salon où chacun s'était levé, nous dévisageant. Thérèse détachait le bandeau qui lui couvrait encore à demi les yeux.

— Ah ! Vous avez joué à colin-maillard, s'écria la tante.

Nous ne l'avons pas détrompée, ni ce jour-là ni aucun autre.

On brusquait les adieux ; c'était l'habitude. On s'embrassait en rond, à la volée. Père avait remis son chapeau, le genre « Eden », à ruban large de deux doigts, et Mère rajusté le sien, avec la demi-voilette. Zoé tirait sur ses gants, sur le col de son manteau. Mon béret me descendait jusqu'aux yeux. Je m'étais trompé dans l'obscurité du couloir : ce n'était pas le mien. On faisait l'échange en descendant les quatre marches du perron, sur la rue. Je courais pour rattraper Père qui, à grands pas, précédait Mère et Zoé. À le voir arpenter la chaussée de la sorte, on ne pouvait s'apercevoir de son infirmité — un genou resté raide après une chute sur le bateau où, par tradition familiale, on l'avait embarqué pour faire son apprentissage.

— Avant d'être armateur, il faut avoir été marin, disait, paraît-il, le fondateur de la maison à laquelle notre nom est associé.

Mais il y a des exceptions ; tous ses directeurs n'avaient pas été élevés à la dure. Père n'était pas l'héritier de la compagnie ; on n'avait sans doute pas eu tant d'égards pour lui. Il était parti pour son premier voyage au long cours sur un voilier qui faisait le cap Horn, avec dans ses cales une cargaison pour Valparaiso. Des dentelles, racontait-on. Un voilier en fer, comme il en existait toujours dans les années vingt. On montait encore aux mâts — toute la tradition de la marine à voile, des romans d'aventures...

On n'était pas sorti du golfe de Gascogne que Père était tombé d'une basse vergue. On l'avait relevé à demi assommé sur la dunette, la jambe cassée, le genou droit en sang. On l'avait débarqué à Lisbonne, et ce fut la fin des voyages pour lui. Il ne serait jamais Henry le Navigateur. Il était rentré peu après, sans même avoir visité la ville, les jardins de Belém, le couvent des hiéronymites ni même les promenades le long du Tage. À la gare Saint-Jean de Bordeaux on l'avait vu descendre du train, s'aidant de béquilles. Il avait bientôt pu s'en passer, mais il était perdu définitivement pour la valse, les farandoles, et même pour la marche au pas cadencé, musique en tête. Il avait coupé au service militaire, échappé aussi à la mobilisation. Quelle aubaine, en fin de compte ! Il continuait à battre le pavé des Chartrons, et fort vigoureusement, tandis que nombre de ses contemporains attendaient la fin de la guerre dans leur captivité allemande, où, pour tromper leur ennui, ils notaient dans leur carnet de route le récit de leur vie immobile. Ces chefs-d'œuvre n'avaient pas encore été publiés ; ils ne nous parviendraient que quelques années plus tard, avec le retour des prix littéraires, du livre du mois, des raouts.

Pour l'heure, nous avancions dans le crépuscule qui gagnait déjà les rues désertes aux maisons basses, et dont les volets étaient tous clos. Sur le boulevard, nous attendions le tramway. À la guerre comme à la guerre ! L'automobile appartenait à des temps révolus. Ceux qui en possédaient une la cachaient pour la soustraire aux réquisitions. C'était le cas de la nôtre, une Chenard & Walcker 1936, enfouie sous la paille d'une grange de l'arrière-pays, où on n'irait pas la chercher.

Finalement, on prenait le tram en voltige, Père et moi à l'avant de la motrice, Mère et Zoé dans la remorque. Nous voilà partis pour le grand large. On ferraillait dans les descentes comme sur une houle de métal ; on tanguait sur les aiguillages. Toutes les vitres tremblaient dans leur châssis. Père, tel un capitaine sur la passerelle de son navire, debout à côté du conducteur en vareuse et casquette molle, observait droit devant l'infini où les rails parallèles se rejoignent. L'intérieur sentait la sueur, le tabac froid. Nous ne regardions pas les autres voyageurs ; nous n'étions que de passage. D'ailleurs, les temps n'étaient pas à la confiance, au bavardage cordial. Des oreilles ennemies nous écoutaient.

Quand on apercevait le coin du cours de la Martinique, on savait qu'on touchait au but. On sautait du marchepied, et, laissant le vacarme du tram s'éloigner derrière nous, on s'enfonçait dans l'ombre. On traversait d'autres rues dont les magasins avaient baissé leur rideau de fer. On avançait maintenant de front, si vite que je devais courir pour ne pas rester seul dans la ville silencieuse. On dévalait encore le long de trottoirs obscurs, au ras desquels des soupiraux en métal ajouré exhalaient une odeur de fagots, de terre mouillée ; tout à fait une odeur de campagne.

II

La véritable campagne, c'était beaucoup plus loin. On la trouvait de l'autre côté de la Garonne, quand on allait dans la famille de Mère, chez les Casté. On se levait aux aurores ; j'avalais mon café au lait tout de travers. On s'élançait dans les escaliers ; il n'y avait pas une minute à perdre : c'était dimanche, mais nous partions pour la journée.

On reprenait le tram, mais dans la direction opposée à celle de la tante Victoria. On filait par d'autres rues, on longeait les quais où les grues s'alignaient, immobiles. C'est au terminus que le voyage commençait pour de bon. Nous montions dans un autre tram, celui-là peint en vert, et dont les numéros, sur le disque de métal qui le surmontait à l'avant, annonçaient des destinations inhabituelles. Nous traversions maintenant des faubourgs où les échoppes — les maisons sans étages de Bordeaux, comme tout le monde vous le dira — s'entouraient de temps à autre d'un jardin, devenaient des pavillons. Sur le pas de leur porte, des hommes en maillot de corps se rasaient devant un miroir de poche qui réfléchissait à notre passage la lumière du jour.

Bientôt, il n'y avait plus guère de maisons. Le tram se dandinait sur ses rails, longeant une route où se traînaient de rares camions à gazogène. Des haies masquaient l'autre côté. Puis, comme la première fois où nous fîmes ce voyage, elles firent tout à coup place à des vignes dont chaque rang venait finir à l'aplomb du talus qui bordait la voie, envahie d'herbes folles. Nous avons continué ainsi longtemps. Le tram ne s'arrêtait plus, son conducteur actionnant sans cesse son timbre métallique, comme s'il se grisait de sa propre vitesse.

Nous descendions enfin sur la place d'un village et dédaignant un café à l'enseigne des *Voyageurs,* nous nous engagions dans une ruelle. Elle se changeait bientôt en un raidillon pierreux qui serpentait entre des vignes aux feuilles bleuies par les sulfatages. L'air avait depuis longtemps perdu sa fraîcheur et paraissait devenir plus épais, tandis que nous avancions dans la poussière du chemin dont les cailloux aux arêtes vives nous renvoyaient, malgré nos yeux baissés, tout l'éclat du soleil.

Père, le premier, nous désignait à l'horizon le bout de la route : un toit de tuiles rondes qu'encadraient des pins et des cyprès. Nous l'apercevions à notre tour ; Mère nous encourageait :

— Ce n'est plus très loin !

Zoé ne répondait rien. Moi, j'aurais voulu m'asseoir au moins un moment, me reposer à même la terre craquelée.

Le frère cadet de Mère, Eugène, venait à notre rencontre. C'était un jeune homme, avec une petite moustache taillée court, des cheveux noirs brillantinés. Il était en manches de chemise et bretelles ; c'était dimanche, mais nous étions à la campagne.

— Comment va ma sœur ?

Il s'adressait à Mère, l'embrassait sans attendre sa

réponse, nous regardait en souriant. Avec Père, c'était l'accolade prolongée ; on voyait qu'ils s'entendaient bien. Et moi aussi, j'admirais ses larges épaules, ses manières de joyeux compagnon. J'espérais que, plus tard, à mon tour, je porterais des demi-bottes de cuir fauve pareilles aux siennes.

Nous étions arrivés au portail. Il était inutile de tirer la sonnette : nous étions attendus. Nous remontions l'allée, que délimitaient des cyprès s'élevant tout droit au-dessus de nos têtes. La maison était devant nous : vaste, carrée, avec une rangée de fenêtres symétriques, de part et d'autre d'un perron aux marches grises, et un étage que surmontaient des lucarnes rondes. Il y avait une dizaine de personnes assises dans les fauteuils du salon. En venant du dehors, on ne distinguait pas leurs visages dans la demi-obscurité des rideaux. On se saluait au hasard ; on se perdait un pcu dans les arbres généalogiques.

Le maître de céans nous accueillait avec des exclamations de surprise :

— Ah ! Eugène vous a trouvés ! Très bien !

Il avait un gros ventre et transpirait beaucoup. C'était le cousin germain de Mère.

Il nous prenait à part, criant presque :

— Adam, Zoé, venez par ici, François-Maurice vous attend ! Il va être content de vous voir !

François-Maurice était son fils, de quelques années plus vieux que Zoé. Notre arrivée ne l'enthousiasmait pas du tout car, ce jour-là encore, il prit son temps pour quitter sa chambre où, nous dit son père, il rangeait des collections de timbres, de papillons, d'ambre jaune, de poteries gallo-romaines, ramassées jusqu'au fond de l'Ariège. Quand il eut tout mis en ordre, et aussi un herbier ainsi qu'une série d'éventails anciens, il vint nous saluer, quoique froidement. Il était pâle, le visage presque émacié. On voyait que la campagne ne lui profitait pas. Il considéra en retour nos souliers couverts de poussière, sans nous communiquer son sentiment.

On nous servit de l'orangeade dans des verres qui n'étaient remplis qu'à moitié. Le liquide doucereux exacerba notre soif. Heureusement, on passait à table dans une salle à manger plus sombre encore. Nos hôtes s'excusèrent : en raison des restrictions, du rationnement qui nous était imposé, nous ne commencerions pas par un potage à la tortue qui aurait été digne de nous, mais par un simple bouillon au vermicelle. On se récria : le vermicelle était délicieux, excellent pour la santé de surcroît. Puis on servit la poule du bouillon, avec sa farce et ses légumes. En guise de rôti (car encore une fois par ces temps de disette nous en étions privés), on se contenta d'un civet de lièvre — une bête magnifique que le domestique avait débusquée et traquée jusque dans son terrier avec les chiens, comme autrefois, à l'ancienne, puisque les fusils de chasse étaient désormais interdits. Je trouvai sa viande bien coriace ; Zoé aussi sans doute, car elle n'y toucha pas.

Une vieille dame que nous ne connaissions pas voulut en savoir la raison. Elle nous interrogea :

— Vous n'avez plus faim, les enfants ?

On nous versa tout de même deux doigts du vin de la propriété que les convives soudain silencieux burent dans le recueillement des communions ferventes.

L'après-midi s'avançant, on apporta la salade que suivirent des fromages venus des Pyrénées dans le double fond de caisses d'extraits de plantes médicinales que commandait le pharmacien du bourg. Nous ne fûmes pas dispensés non plus du massepain en forme de cône tronqué, traîtreusement recouvert d'amandes concassées, qui se révéla plus difficile encore à déglutir que les demi-lunes de la tante Victoria, et cela malgré un autre doigt de barsac, si liquoreux qu'il nous collait la langue au palais.

Seule l'arrivée du café et du cognac mit fin à nos souffrances. D'ailleurs, Père et Eugène se levaient aussi : avant de commencer, dans la pièce voisine, la partie de billard qu'ils s'étaient proposée, ils se lançaient avec bonne humeur défi sur défi tout en allumant leur cigare — une marque que l'on ne trouvait plus nulle part à Bordeaux. On me confia à François-Maurice : il me montrerait les chiens qui avaient vaillamment couru le lièvre.

François-Maurice se leva sans rien dire et, sortant rapidement de la salle à manger, parcourut un couloir obscur où je faillis le perdre, puis un autre encore qui parut s'achever en cul-de-sac. Je rattrapai François-Maurice au moment où il en refermait la porte. C'était celle de la souillarde. Sur l'évier de pierre on avait entassé la vaisselle sale en piles qui vacillèrent à mon passage. De là, on entrait dans la cuisine dont l'air était saturé de l'odeur refroidie, démoulée et gélatineuse du civet. Une autre porte s'ouvrait finalement, et après avoir ainsi fait le tour de la maison, on se retrouvait dans la cour que fermaient les dépendances aux toitures basses.

François-Maurice me cria, sans se retourner :

— Ne traîne pas !

Le chenil était de l'autre côté d'une remise aux volets verts. François-Maurice appela les chiens qui se précipitèrent contre la grille. Un domestique à la nuque rasée mais portant sur le front une frange mérovingienne dégagea les ouvertures. Les chiens se ruèrent dans un sentier abrupt qui menait vers les bois. Ils se vidaient les tripes sur le chemin, depuis longtemps couvert de leurs déjections qu'ils reniflaient encore. Serrant les lèvres contre un désir soudain de vomir, je dévalai à mon tour vers la lisière des pins, ne m'arrêtant que lorsque je fus devant les massifs de fougères qui la précédaient. Les chiens y étaient aussi parvenus. Un mastiff, juché sur un autre mâle plus jeune, un fox-hound, tentait de le couvrir.

François-Maurice s'esclaffa :

— Regarde ce pédéraste !

Et comme je ne disais rien :

— Tu ne sais même pas ce que ça veut dire. Fais-toi offrir un dictionnaire pour tes étrennes !

Il y avait aussi des dictionnaires dans notre bibliothèque, mais ils ne m'étaient pas encore d'une grande utilité. Je savais lire pourtant, depuis l'année précédente. Mon livre préféré était mon *Histoire de France,* avec ses planches illustrées. Certaines étaient somptueuses comme les apothéoses : « Clovis élevé sur le pavois », « Charlemagne couronné empereur ». D'autres étaient faites de la matière même de nos rêves : « Bernard Palissy brûle ses meubles », « Gambetta quitte en ballon Paris assiégé ». Et pour les aventures de mon âge, il y avait les albums de Bibi Fricotin.

Je n'ai rien expliqué de tout cela à François-Maurice. Je l'ai observé qui appelait son chien. Puis il lui a caressé le sexe qui sortait tout droit de son ventre. Le dos du mastiff s'arquait tandis qu'il se raidissait sur son arrière-train. Poussant tout à coup un bref cri de douleur, il esquissa une morsure sur la main de son maître et fit un écart. Le chien s'éloigna de quelques pas, tout en se léchant sous lui, avant de rejoindre le reste de la meute qui aboyait dans le sous-bois. À leur suite, nous sommes entrés dans les fougères, où je m'enfonçais jusqu'aux yeux et dont je repoussais des deux mains les feuilles géantes, tandis que je marchais sur leurs tiges et les piétinais. Je me suis frayé ainsi un chemin jusqu'à une grange abandonnée dont le toit aux tuiles cassées laissait voir sa charpente, et que flanquait un puits.

François-Maurice me prit par le bras :

— Viens, regarde !

Il m'obligea à me pencher par-dessus la margelle, et j'aperçus en effet tout au fond mon visage en contre-jour sur le disque lumineux de l'eau.

François-Maurice m'avait maintenant pris aux aisselles et menaçait de me faire basculer :

— Personne ne viendra te chercher ici !

Mais je me mis à pleurer, et même à hurler si fort que ma voix, renvoyée en écho par le puits, l'effraya :

— C'était pour rire ! Tais-toi !

Je pleurai de plus belle. Dépité, il siffla ses chiens, reprit le chemin de la maison. Je le suivis de loin. En arrivant, mes larmes avaient séché mais j'avais le feu aux joues.

— Ah ! Tu as couru avec François-Maurice, c'est bien.

Mère nous approuvait. On m'envoya me laver les mains à la cuisine. Pour mon goûter, une femme de charge me coupa une tranche de pain épaisse comme un missel, sur laquelle elle étala de la confiture. Je retraversai la cour pour jeter le tout aux chiens. Je devenais méfiant.

— Jo, le moment est venu de prendre congé.

Père encourageait Mère du regard. Les Casté aussi se levaient. Père était content de sa partie de billard avec Eugène ; il l'avait emporté de justesse, sur une dernière série de points.

Eugène n'était pas vexé ; ils se promettaient la revanche, et puis la belle, et la belle de la belle... Ils en auraient jusqu'à la fin de la guerre, et même bien au-delà.

Avec Zoé, nous reprenions la route du matin, butant de nos chaussures trop minces contre les cailloux chauffés à blanc par le soleil de l'après-midi. Il était inutile de se plaindre, cela ne raccourcirait pas le chemin. Venir en vélo ? Le tram était en fin de compte plus rapide. D'ailleurs, le genou de Père lui interdisait la bicyclette. Quant à l'automobile, il n'y fallait pas songer !

C'est ce qu'on se disait, d'un groupe à l'autre, en revenant vers le village. Les hommes avaient remis leur chapeau, reboutonné leur veste. Nous passions devant le *Café des Voyageurs* sans jeter un regard aux gens assis à la terrasse, à laquelle une haie de lauriers dans des caisses également vertes voulait donner l'apparence d'une tonnelle, d'une charmille pour les amoureux.

On se séparait encore dans les embrassades ; on se criait : « À bientôt. »

Le tram arrivait enfin ; chacun prenait place sur les banquettes en bois. Nous étions de nouveau entre nous, face à face.

Mère ne trouvait que des qualités à François-Maurice. Elle détailla, une fois de plus, son goût pour les belles choses, sa bonne éducation. Elle conclut par une comparaison qui n'était pas à l'avantage de la famille de Père :

— On voit bien qu'il n'a pas de mauvais instincts, comme votre cousin Louis.

Père, sans le réfuter, apporta une nuance à ce jugement, en l'étendant au genre humain tout entier :

— Des mauvais instincts ? Qui n'en a pas ! Ce n'est peut-être jamais qu'une question de circonstances.

On voyait que Père ne moralisait pas à tout bout de champ. Il se méfiait aussi de la psychologie des profondeurs. L'inné, l'acquis ? Il restait prudent. Les circonstances d'abord. Il les avait éprouvées en se cassant la jambe ; une destinée ne tient qu'à cela. Lui n'était jamais devenu armateur ; il se contentait d'être négociant, de regarder partir les navires, du bout du quai. Les théories du comportement, c'était sa vision des choses. Il était acquis au behaviorisme, bien avant la lettre. Sans avoir lu les livres de son fondateur, B. F. (Burrhus, Frederick — Fred pour les amis) Skinner, il les avait devinés, d'instinct. Je l'ai compris en les découvrant, bien des années plus tard ; c'est une question d'âme.

Il reprit, après un temps pour la réflexion :

— D'ailleurs, si vous tenez à comparer, dans ce domaine, ce serait plutôt l'oncle de Louis, l'archiprêtre de Saint-Ferdinand, à qui je ne donnerais pas le bon Dieu sans confession.

Père, au fond, était anticlérical.

Mère ne paraissait pas convaincue ; elle répliqua :

— Cela n'a rien à voir avec François-Momo.

Puis elle ajouta deux ou trois choses que j'ai oubliées. J'appuyais ma tête contre sa poitrine. Nous ne disions plus rien. Je n'étais pas son premier-né, mais je savais que j'étais son préféré.

Bercé par les cahots du voyage, je finissais par m'endormir. Au terminus, je ne voulais pas descendre.

— Tu veux continuer jusqu'à Arcachon ?

Voilà l'alternative que me proposait Père. Est-ce que j'avais bien le choix ? En réalité, nous ne sommes allés à Arcachon qu'une seule fois, aux vacances de Pâques, en 1940. Pour les suivantes, les grandes, et toutes les autres, ce n'était plus possible. Je n'ai aucun souvenir, bien sûr, de ce séjour. Aucun souvenir de la promenade, devant la plage, des dunes, ni même du bassin avec ses parcs à huîtres. Tout ce que je vous raconte, c'est à l'aide de photos, instantanés Kodak dépareillés ou série de vues « curiosités naturelles » dont le relief, dans notre stéréoscope, vous sautait aux yeux. Et puis il y avait les bribes de conversations entendues ici et là, les allusions que l'on continuait à faire à ces fabuleuses et sans cesse plus lointaines « dernières vacances ».

Au lieu d'Arcachon, nous retrouvions la ville, longions le port de la lune. Pour finir, Père me portait. Nous étions enfin chez nous. On me couchait. Je demandais à ma sœur :

— Zozo, Sister, borde-moi !

Elle prenait un air buté, m'embrassait à peine, s'en allait rapidement. Zoé avait un côté petite garce.

Le lendemain, lundi, nous reprendrions l'école, jusqu'à la prochaine excursion, dans quinze jours, en alternance avec le dimanche après-midi chez la tante Victoria. Il fallait surtout profiter de la belle saison.

III

Le plein été venu, il n'était plus possible de nous traîner, Zoé et moi, tous les après-midi, dans les allées du Parc Bordelais. Elle en jupe plissée, moi en culottes courtes, tous deux en bas blancs — salis dans l'heure pour les miens. Les autres enfants étaient pareillement vêtus. Quel uniforme, pour débuter dans la vie !

Les mères parlaient d'Arcachon, de la dune du Pyla, d'Andernos et de son climat « fond du bassin », voire de Royan. Les temps n'étaient plus aux bains de mer. Heureusement, nous pouvions nous replier vers l'intérieur, « un repli élastique sur des positions préparées à l'avance », annonçait Père à la manière des communiqués militaires français de mai et juin 1940, qu'imitaient maintenant ceux du G.Q.G. de Berlin.

Nous, nous pouvions aller et venir presque à notre guise. D'ailleurs, Père avait tout son temps : le négoce était « au point mort », comme on disait. Son associé se trouvait depuis le début de la guerre dans un camp de prisonniers, au loin, du côté de la Prusse orientale, les côtes de la Baltique, les sables mouvants. Il n'y était pas maltraité, comme il l'écrivait à sa femme, dans des lettres de huit pages — quatre s recto verso —, jamais moins. Au début, elles nt qu'un compte rendu journalier, rédigé avec ıeresse et la précision d'un bordereau d'effets commerciaux. Puis les événements de la vie quotidienne étaient devenus prétexte à des digressions philosophiques et morales, et, le métier venant, ce commentaire s'était ordonné selon une composition de plus en plus complexe, en structures circulaires, étoilées, rhomboïdales. Leur auteur ne se plaignait pas de son existence, aussi précisément réglée de l'appel du matin à l'appel du soir que celle des moines cisterciens de la plus stricte observance. D'ailleurs, depuis un an, il avait fait vœu de silence — tout au moins dans des limites raisonnables.

— Il ne songe nullement à s'évader, avait constaté sa femme.

Sans doute était-elle déçue que dans ses lettres il ne lui demandât jamais, à mots couverts, comme cela se faisait, une lime pour scier les barreaux de sa prison et une boussole pour lui indiquer la bonne route. Elle était surtout dépitée qu'il ne voulût pas risquer sa vie pour la retrouver, elle, encore assez jeune, assez fraîche et appétissante. Elle continuait à se faire belle et à tenir les comptes de l'entreprise. Par les temps qui couraient, ils étaient vite faits.

— Votre mari a trouvé à sa manière une sorte de paix intérieure, avait commenté notre cousin, l'archiprêtre de Saint-Ferdinand.

Il faisait de la direction de conscience, à ses moments perdus :

— Pour un captif, la véritable liberté n'est pas là où il l'imaginait. Les pires épreuves vous obligent à redécouvrir les valeurs essentielles.

C'était sa formule favorite.

— Je n'échangerais pas ma liberté contre la sienne, répondait Père en regardant par la fenêtre, comme pour chercher au dehors les arguments de son débat intérieur.

Nous, nous pouvions franchir les murs de la ville, sortir par l'une quelconque de ses barrières. L'intérieur des terres, pour nous, c'était notre propriété de Saint-Allios, aux limites du meilleur vignoble, mais, hélas, en deçà. Nos retours à Saint-Allios, à date fixe, ont scandé ces années-là, ces années noires, comme on disait à l'époque, parce qu'on n'en était pas encore à leur trouver le charme du temps passé. On n'avait pas alors écrit mille récits où affleurent les souvenirs émus, la nostalgie des apprentissages, et pas tourné non plus des guirlandes de films qui ont depuis longtemps pris la place de la réalité.

La réalité, c'était le train qu'on prenait, aux aurores, une fois de plus. Au milieu des bagages, de la cohue, immobiles, nous attendions sur un quai dont le ciment noirâtre paraissait aussi calciné que les traverses et le ballast de la voie. On s'entassait dans un omnibus aux banquettes sales, aux rideaux déchirés de part et d'autre de fenêtres maculées de suie. Des hommes en paletot et casquette, des femmes aux cheveux relevés par des peignes nous observaient. Ils détaillaient le complet-veston de Père, celui qui, à peine plus usagé que les autres, était réservé aux voyages en chemin de fer. Peut-être s'étonnaient-ils de sa coupe à l'anglaise, des fines rayures de son étoffe soyeuse, ou encore, se tournant vers Mère, Zoé et moi, évaluaient-ils la distance qui les séparait de nous. La guerre nous avait jetés les uns sur les autres, dans ce compartiment crasseux. À vrai dire, ils ne paraissaient pas s'en réjouir. Ils avaient leurs propres préoccupations : ramener le soir même dans leurs valises en carton que des ficelles attachaient, dans leurs musettes en toile auréolées de taches vineuses, et encore dans d'énormes malles en osier entassées sur le plancher du wagon, les pommes de terre, les œufs, le lard du ravitaillement. À chaque arrêt, le train se vidait peu à peu de ses passagers. On les voyait s'égailler par petits groupes dans les chemins de terre, disparaître derrière les frondaisons.

Ce dernier été de la guerre, nos compagnons de voyage descendirent ensemble dans une station dont les vitres, bien que peintes du bleu de la défense passive, étaient toutes brisées. Ils nous souhaitèrent bon voyage. Cela dut les amuser car, sur le quai, ils en riaient encore en se retournant vers nous. Le train ne repartit que longtemps après, tout doucement. Père étira ses jambes, soupira, parut regarder le paysage pour la première fois. Mère recoiffa Zoé qui témoignait de sa mauvaise volonté en s'obstinant à rester de profil. Elle arrangea le col Claudine de Sister, s'impatienta :

— Ma pauvre fille, tu es attifée comme l'as de pique !

— L'as de cœur, plutôt !

Pour Père, Zoé était la plus belle fille du monde.

Nous étions arrivés. Je sautai depuis le haut du marchepied, m'étalai dans les cailloux en me meurtrissant les genoux. Cela n'amusa pas Père qui me releva en me tirant par la manche. Et comme les larmes me venaient aux yeux :

— On ne pleure pas !

Devant la petite gare à la cour plantée de jeunes

tilleuls, Mathieu, le père Mathieu, ainsi que tout le monde l'appelait, nous attendait comme chaque fois, avec la voiture à cheval. Une voiture légère, avec deux bancs qu'on pouvait démonter quand on voulait lui rendre sa destination première qui n'était pas de transporter des personnes mais des cageots de légumes ou une barrique de vin, et à laquelle était attelée Fanny. Fanny aussi avait eu de la chance. On avait pu la soustraire à la réquisition, en 1939, parce qu'elle n'était alors qu'une pouliche, à peine débourrée et d'ailleurs d'une race trop légère pour les caissons d'artillerie de l'armée française. La jument avait tourné la tête pour nous apercevoir malgré ses œillères, quand nous avions dit bonjour au père Mathieu. Lui était descendu de son siège, avait ôté sa casquette à la visière raidie par la crasse pour nous saluer, avant d'aider Mère à monter en voiture et lui indiquer sa place, marquée sur l'un des bancs par une couverture de cheval, en guise de coussin.

Zoé et moi, nous nous sommes assis de part et d'autre du vieux qui sentait le foin et le cuir mouillé. Il fit claquer les guides et nous voilà partis au pas balancé de Fanny, dont devant nous la queue coupée court balayait la croupe où les muscles roulaient alternativement.

Le boulevard de la gare était vide.

— On dirait un Quatorze Juillet, avait lancé Père.

À quelques jours près, on y était.

En prenant la route qui longe la rivière, Mathieu mit la jument au trot et elle nous tirait souplement, les oreilles dressées, la queue maintenant à demi tendue, lâchant de temps à autre un pet qui craquait comme une allumette sur son frottoir, et dont Zoé prétendait ne pas s'apercevoir.

— Eh ! Elle ne mange que de l'herbe, la pauvre, s'était exclamé le vieux. On n'a plus d'avoine à lui donner.

En approchant du coteau, il avait remis la jument au pas, pour la faire souffler. On distinguait maintenant une trace d'écume à l'épaule, à l'endroit où la peau forme un pli double. Sans les premiers virages qui allaient nous mener sur le coteau, Fanny rythma son effort en dodelinant de la tête et en arquant un peu plus le dos, tandis que le père Mathieu faisait claquer les guides pour l'encourager.

Derrière nous, Père montrait du doigt à Mère les prés où on avait coupé les foins râtelés en lignes tantôt vertes et tantôt grises. Les blés leur succédaient en rubans épais comme des tapis-brosses géants ; enfin les bois les remplacèrent. La cime des pins s'élevait un peu plus haut de chaque côté de la route, à mesure que nous avancions, tandis que le sable criait sous les roues.

Un peu avant le sommet, un chemin filait sur la droite, redescendait vers le ruisseau qui longeait notre propriété. Un châtaignier majestueux, au coin d'une parcelle que bordait un mur, nous annonçait que nous étions chez nous — domaine royal que l'on pouvait traverser à cloche-pied, sans avoir pour cela à chausser des bottes de sept lieues. Fanny trottait de nouveau et de temps à autre soufflait bruyamment. Sans rompre la cadence de ses battues, elle s'engagea dans l'allée que les pluies du printemps avaient ravinée, voulut ensuite tourner vers la ferme, y retrouver son écurie. Mais, tirant sur son mors jusqu'à l'arrêter presque, le père Mathieu la fit obliquer vers le « château ».

Ce n'était sans doute qu'une maison à deux étages,

à peine plus petite que celle des Casté, mais aussi moins bien entretenue et même quelque peu délabrée. Sur sa façade, le lierre cachait les lézardes de la maçonnerie et, en partie, des volets en bois qui ne pivotaient plus sur leurs gonds rouillés. Mais le perron de pierre, les cheminées en haut de chaque pignon en faisaient un château, comme on disait dans le pays.

Si le terme n'était pas tout à fait propre, il ne prêtait cependant pas à confusion. Nous nous comprenions parfaitement là-dessus et personne n'y trouvait à redire. On n'avait pas encore commencé à s'interroger sur le langage ; la mode n'était pas alors aux philologues russes, aux linguistes bulgares. On n'était pas obligé de tourner sa langue sept fois dans sa bouche avant de parler. D'ailleurs, on était entre soi ; on s'exprimait sans ambages, et s'il survenait une ambiguïté, son équivalent en patois — infiniment plus précis, soulignait-on — permettait de la lever sans erreur possible. On citait à l'appui de ses dires deux ou trois tournures dialectales, des proverbes imparables. Certes, on ne les prononçait pas exactement de la même manière d'un village à l'autre, d'une vallée à la suivante, et cela sans franchir des frontières invisibles mais qui changent tout — vérité chez les Gascons, erreur au-delà — parce qu'on se retrouve dans des contrées fabuleuses où on parle pointu et où on met du beurre dans les poêlons. Non, sans quitter notre pays d'oc et rien qu'en se déplaçant d'un clocher à l'autre, on sentait la nuance : votre diction prêtait à rire, on vous demandait de répéter, encore une fois, tellement vous étiez drôle, incongru. On s'amusait d'un rien mais on connaissait la valeur unique, invariable, des mots que nous échangions, telle une monnaie à taux fixe. J'ai appris le nord-languedocien dans sa sous-variante locale avec moins de difficulté que l'anglais, même si je ne m'en sers jamais — il y a des raisons à cela.

— Nous ne vivons toujours pas des jours bien gais !

C'était le point de vue du père Mathieu. Il l'avait lancé, en français (nous n'étions pas bilingues comme lui), par-dessus son épaule, tandis qu'il s'éloignait, à pied cette fois, tirant Fanny par la bride.

Comment ne pas l'approuver ? Nous avions de la chance que le débarquement anglo-américain en Normandie eût précédé de quelques semaines notre retour à Saint-Allios. Nous y serions plus à l'abri qu'à Bordeaux où chacun craignait de voir redoubler les bombardements aériens, sujet quotidien des conversations. « Il ne faut pas se laisser émouvoir et intimider », avait déclaré le maréchal Pétain, devant une délégation des maires de notre région venus à Vichy, l'automne dernier, lui apporter un bilan des destructions et des pertes en vies humaines.

— Ne pas se laisser émouvoir et intimider, c'est vite dit, avait commenté Père en refermant son journal.

Il aimait nous en lire les articles à haute voix. Les derniers événements avaient produit de curieuses manchettes, comme celle datée du 6 juin 1944 : « Des essaims importants de parachutistes ont été lâchés au-dessus de la pointe du Cotentin ». Des essaims ? Comme à la campagne ? Des essaims de guêpes, de frelons, plus meurtriers encore ? J'avais refréné ma curiosité. Dans les jours qui avaient suivi, les communiqués de l'état-major allemand avaient souligné les énormes pertes des Alliés ; mais les noms des villes du Bocage normand étaient un aveu :

— Les opérations s'éloignent de la côte, avait noté Père. Nous en sommes au dernier quart d'heure.

Puis il nous avait lu un autre communiqué, celui-là de Son Excellence Mgr Choquet, évêque de Tarbes et de Lourdes : il n'y aurait pas de grands pèlerinages à Lourdes cette année. Voilà qui ne gênait pas Père.

Cette année-là encore, nous sommes entrés dans le salon où les fauteuils étaient recouverts de draps en guise de housses ; nous avons monté l'escalier aux lambris déteints, et nous avons poussé la porte de nos chambres où, des lits aux armoires dont le bois s'était terni pendant l'hiver, rien n'avait changé en notre absence.

Le lendemain, le père Mathieu nous a apporté des œufs que nous avons mangés à la coque ; sa fille est venue mettre un semblant d'ordre dans la maison, et moi, je suis allé à la ferme, retrouver Marcel, le petit-fils du père Mathieu. Je suis resté tard, « pour la soupe », dans leur cuisine aux solives noircies par la fumée et les chiures de mouches.

Même à table, le père Mathieu ne retirait pas sa casquette. Il n'avait pas d'âge, paraissait vieux, et depuis toujours. Il était le plus ancien métayer du pays, le seul qui continuait à travailler chez nous. Les conditions qui gouvernaient son état avaient été fixées dans des temps si reculés qu'elles étaient devenues une curiosité aussi désuète que le bi-métallisme ou l'étalon-or. On ne les en respectait pas moins pour cela. Le nombre des brasses de bois qu'il pouvait prélever sur la propriété était intangible, de même que la moitié du cochon qu'il élevait, ou les barriques du vin de l'année destinées à sa consommation personnelle.

Le contenu de ces tonneaux ne suffisait d'ailleurs pas. Que le père Mathieu ait survécu aux verres de vin blanc avalés à jeun debout devant l'évier de sa cuisine où la bouteille restait « au frais » dans un seau d'eau, et encore résisté au vin rouge qu'il buvait le reste de la journée, aux tournées d'apéritifs les jours de marché et qui composaient tous les moments et toutes les facettes de son bonheur ne m'étonnait pas alors. Sa femme n'avait pas fait preuve de la même endurance ; elle était morte il y a longtemps. Sa fille tenait sa maison — ou en faisait le simulacre, car c'était une souillon, son emploi dans la réalité puisqu'elle lavait la vaisselle à l'auberge de la gare. Son mari avait disparu l'année précédente. Il était réfractaire au Service du Travail Obligatoire. Réfractaire au S.T.O., il n'était pas le seul dans le pays mais il s'était entièrement identifié à ce nouveau destin. Il s'était d'abord un peu caché aux alentours, puis il s'était éloigné, semble-t-il, définitivement. Il avait échangé sa vie contre une autre, sans doute. On ne s'attendait plus à le voir réapparaître, ou alors, comme il arrive dans les époques troublées, extrêmement loin : au Venezuela, en Argentine, au Chili, pourquoi pas.

— Mais oui, avait remarqué Père, il est peut-être au Chili, à Valparaiso, justement. Il a fait la traversée comme soutier, sur un cargo panaméen. Maintenant il traficote dans les bas-fonds, tôlier probablement dans un bordel qui fait la traite des blanches.

Père avait du goût pour l'aventure, les histoires d'un réalisme implacable. Valparaiso, il en rêvait encore.

— Il regrette sûrement sa vie d'autrefois, à Saint-Allios.

Mère préférait s'en tenir aux certitudes de l'âme comme de la bonne éducation.

Marcel, le petit-fils du père Mathieu, n'évoquait jamais le destin de son paternel réfractaire. Il avait mon âge. Mon frère de lait, avait-on plaisanté parce qu'à l'époque le père Mathieu possédait une brebis et nous avait donné de son lait à tous deux. Marcel était vif comme un singe, et aussi débrouillard. Il aurait eu les cheveux blonds, et non pas noirs, c'était Bibi Fricotin en personne. Aussi leste, aussi rapide, quoique pas toujours de bonne humeur. Il m'a montré tous ses tours : faire les pieds au mur, glisser du haut d'une meule de foin, se faufiler sous les clôtures. Il savait aussi apprivoiser des doryphores enfermés dans des boîtes d'allumettes en guise de cages, et dont il faisait régulièrement des autodafés. Il savait empaler les hannetons surpris à découvert sur une feuille, ou encore démembrer les sauterelles ramassées dans l'herbe. Les insectes mettaient leur vie et leur bonheur d'insectes en jeu quand ils croisaient sa route. C'est lui aussi qui m'a appris à me décalotter le gland d'un coup sec au moment de pisser, pour accroître la portée du jet quand nous visions une fourmilière au bord du chemin ou, dans l'encoignure d'une grange, une araignée surprise au milieu de sa toile qui s'effondrait comme un chiffon mouillé.

Chez lui, en l'absence de son père, et après son grand-père qui n'exerçait qu'une autorité de façade, Marcel était déjà le chef de la maison. Ses deux sœurs, Bernadette et Marie-Thérèse, n'élevaient aucune objection quand il distribuait les carrés de chocolat du goûter, du Louit en barres difficiles à casser, dont on disait qu'il contenait de la brique pilée. Quant au dernier-né de la nichée, il ne marchait qu'à peine et parlait encore moins. On racontait dans le bourg qu'il n'avait pas le même père que les autres enfants.

L'été durait un siècle, chacun de ses jours plus long que toutes les semaines de l'année mises ensemble. Quand, dès le matin, la chaleur montait d'heure en heure, nous ne sortions plus de la maison que ses volets fermés tentaient de préserver de l'embrasement du dehors. On ne parlait que de l'orage que tous sentaient monter et dont, avec les soudaines zébrures du ciel, on redoutait les ravages. On évoquait les vignes hachées par une grêle soudaine qui laisse des rangs dénudés où s'alignent des piquets devenus inutiles. L'orage éclatait enfin, ébranlant la maison, roulant sur les coteaux que cachaient des averses opaques. Puis le tonnerre cessait, laissant la terre fumante et l'air plus étouffant encore.

Dès les premiers jours du mois de septembre, le temps changeait. On sentait maintenant la fraîcheur du matin, disait Mère qui parlait de faire un feu dans la cheminée du salon. On estimait la date des vendanges en comptant les jours sur un calendrier des postes où Cérès et Pomone trônaient sur les gerbes des moissons et les pyramides des fruits. Le père Mathieu qui se levait bien avant les coqs avait ramassé des champignons dans les bois. Puisque c'étaient les nôtres, il nous apportait un panier de cèpes qu'un torchon à carreaux protégeait.

Quatre ans plus tôt, il chassait encore les tourterelles qu'il abattait en plein vol d'une seule décharge tirée depuis le pylône dissimulé à la lisière des pins. Il avait alors invité Père à les tirer avec lui, mais pour la forme. Le genou de Père lui interdisait les échelles, à plus forte raison celle, faite de branches fendues comme des bûches, qui permettait d'atteindre l'abri, élevé sur ses pilotis jusqu'au sommet des arbres. Mathieu, malgré l'âge, y grimpait encore. Il s'y tenait à l'affût, cassant la croûte, buvant à même le goulot de la bouteille de blanc. Il lui restait la palombe qu'au moment de la migration on pouvait prendre au filet. D'ailleurs, d'une manière l'autre, il revenait rarement bredouille, ramenant un ramier, parfois le couple. Nous les mangions en salmis, servis tels quels dans leur cocotte en fonte.

— À la guerre comme à la guerre, répétait Père.

L'oncle Eugène était venu nous rendre visite. Il avait fait la route à vélo depuis chez les Casté. Un voyage au long cours. Il était « beau comme un cœur », avait dit Mère, avec ses pantalons de golf, ses bas blancs à côtes. Il a aussitôt fait la conquête de la fille du père Mathieu — et pourtant ! Elle a en tout cas trouvé dans son garde-manger des denrées dont nous n'avions plus l'habitude — confits, pâtés. Lui aussi avait des trésors dans ses sacoches —, du meilleur tabac pour Père, et aussi des revues. Il avait le numéro 26 de *Der Adler,* le grand illustré allemand de l'aviation, exemplaire qui contient la coupe transversale du Messerschmidt 109, et encore des magazines sportifs avec les photos du deuxième gala de boxe franco-belge qui avait eu lieu au Grand Palais, le 10 février 1944. Joë Brown y avait battu Louis Dewinck après un match fort disputé. Al Renet avait surclassé Al Baker aux points, tandis qu'Émile Famechon avait triomphé du Belge Van Houche par disqualification au deuxième round, pour abandon injustifié.

Cette année-là, et bien avant que l'été ne s'achevât, il y eut d'autres événements plus pressants ; en réalité, et même si nous les avions appelés de nos vœux, ils nous avaient pris de vitesse. Il était clair maintenant que les Allemands battaient en retraite, se préparant à abandonner Bordeaux et sa région. Comment notre cité serait-elle libérée ? Et surtout par qui ? On était regardant là-dessus. Il y avait pire. Les journaux se faisaient l'écho de faits divers inquiétants que Père nous lisait : les cambriolages se multipliaient dans la ville en partie désertée par ses habitants. Ceux qui étaient restés sur place n'étaient même pas épargnés : de faux policiers faisaient irruption chez les gens et, sous le prétexte de vérifications ou de perquisitions, se retiraient en emportant papiers, valeurs et bijoux.

Mère craignait pour l'argenterie que nous avions imprudemment laissée derrière nous, quoique roulée dans un sac de toile, au fond d'un placard à balais. On décida d'écourter notre séjour à Saint-Allios et de rentrer sur-le-champ. C'était près d'un mois trop tôt au regard des meilleurs usages — mais il s'agissait d'un cas de force majeure ! Nous vivions « des heures graves », écrivaient en gros titres les journaux.

— La preuve, remarqua Père — mais à ce jour je ne sais s'il se moquait ou non —, il n'y aura pas de tirage de la Loterie nationale le 24 août.

C'était le comble. De grandes choses se préparaient. Pourquoi le nier ? Nous voulions y assister, et aux premières loges, absolument.

IV

La libération de Bordeaux, pour Sis et moi, ce fut comme un feu d'artifice qui aurait duré toute une semaine, une suite ininterrompue de gerbes d'étoiles filantes dans le ciel de l'été et dont chacune retombait avec la majesté d'un bouquet que l'on croyait final mais qu'un autre envol lumineux démentait aussitôt, puis un autre encore. La fête commença enfin pour de vrai ; « une nouba », disait Père. Elle se prolongea pendant plusieurs jours.

Le samedi 19 août, le samedi qui avait précédé cette semaine de foire, nous étions rentrés tous les quatre, tassés dans la cabine d'un camion dont le gazogène fumait en volutes aussi majestueuses que la cheminée d'un paquebot. Les trains ne roulaient plus. Le marchand de vin de Saint-Allios rentrait à vide à Bordeaux ; il avait offert de ramener Père qui voulait partir « en éclaireur ». Mère avait tenu à l'accompagner. Elle s'était montrée ferme, s'était expliquée en peu de mots. Père avait été plus bavard, avait enfilé euphémismes, litotes, amplifications, alternatives : il prenait tout au plus les devants ; en somme il ne nous précéderait que de peu. Voyager par les temps qui couraient était une gageure ; mille embûches nous attendaient. Était-il sage de les affronter à quatre ?

N'était-il pas plus prudent d'attendre ici, à l'abri, qu'il nous fît signe ? Sa rhétorique n'avait pas convaincu Mère ; les adieux d'Andromaque, très peu pour elle. Nous partions tous ou pas du tout.

Père avait haussé les épaules. Il paraissait songeur. Se récitait-il une scène de *L'Iliade,* appropriée aux circonstances ? Il avait fini par dire :

— Jo, vous retrouverez votre argenterie, vous savez.

— Je préfère perdre mon argenterie que mon mari.

Il n'y avait rien à ajouter à cela, et nous avons fait la route dans la chaleur d'un orage qui menaçait depuis le lever du jour. L'air du dehors était aussi lourd, aussi épais que celui que nous respirions à l'intérieur de la cabine. Le ciel sur Bordeaux était d'un gris de cendre, aussi terne que le fleuve, que les façades des maisons. La ville paraissait vide, notre rue inchangée. Nous nous sommes rassurés à bon compte : personne n'était entré chez nous et l'argenterie était à sa place ; il ne manquait aucun des couverts dans le sac de toile où on les avait roulés tous ensemble. C'était des Liberty Silver, à tête de Sphinx, tout de même.

Le tonnerre nous délivra du silence, de l'attente. Toute la soirée, il secoua la ville, rebondissant en écho sur les toits, les boulevards déserts, l'esplanade des Quinconces balayée par la pluie. Les éclairs projetaient sur les murs de ma chambre, au travers des persiennes fermées, l'image agrandie de leurs fentes parallèles. Bientôt, aux coups de tonnerre répondirent des détonations plus sourdes, plus lointaines. Elles venaient de Mérignac où les Allemands détruisaient à l'explosif la piste et les bâtiments de l'aérodrome. Plus tard, des chocs dans un registre si grave qu'on n'entendait que leur vibration prolongée leur succédèrent. Des dépôts de matériel sautaient le long de la Garonne, en aval. On aurait dit d'énormes ballons qui rebondissaient interminablement.

— Les Allemands fichent le camp, nous cria, le lendemain, notre voisin de droite quand il nous vit sortir, Père et moi.

À ses gestes fébriles, on voyait que c'était sérieux. Il était en train de retirer le rideau de grosse toile qui, dès les premiers beaux jours, protégeait selon l'usage le vernis de la porte d'entrée.

Père prit l'air étonné. L'autre était sûr de son fait :

— Ils réquisitionnent tous les vélos !

En tournant le coin de notre rue, il était facile de constater qu'il n'y avait pas un seul cycliste cours de Verdun et jusqu'au coin du cours Xavier-Arnozan. Des gens, dans l'ouverture de leur porte qu'ils maintenaient à demi fermée, ou, pour les plus intrépides, comme notre voisin à l'instant, sur les étroites marches de leur perron, surveillaient les nuages de fumée qui, venant de l'ouest, passaient sur la ville.

— Ce n'est pas un dimanche ordinaire, dit Père, sans presque desserrer les dents.

Nous avons bientôt fait demi-tour et nous sommes rentrés pour rassurer Mère et Zoé qui nous assaillirent de questions. Père repartit presque aussitôt pour se rendre à son bureau.

— Les entrepôts sont vides depuis belle lurette, nous rappela-t-il, mais les dossiers et les livres de la comptabilité sont notre bien le plus précieux. Je vais camper sur place pour qu'on n'y touche pas.

C'était courageux de sa part que d'aller protéger tout ce qui nous restait.

Les explosions se poursuivirent dans la soirée, puis toute la nuit. Sis, qui ne pouvait dormir, vint me rejoindre dans ma chambre. Elle s'était enroulée dans une couverture de voyage et elle resta assise dans le fauteuil, les jambes repliées sur le côté, ne dormant pas, me demandant de temps à autre si j'étais éveillé. Avant le jour, nous avons senti avec le calme revenu le froid de la nuit. Sis vint me rejoindre dans le lit, cherchant à se réchauffer contre moi. Je sentis à travers sa chemise de coton l'élasticité de son corps qui n'avait pas la dureté et la sécheresse du mien. Je la serrai contre moi en refermant mes deux mains sur sa taille. Elle avait mis la tête sur mon épaule et ses cheveux me caressaient le cou. Bientôt sa respiration se fit plus régulière, son souffle plus profond : elle dormait.

Je me réveillai le premier et je quittai le lit pour enfiler mes vêtements, jetés la veille sur le dossier d'une chaise. Puis je descendis boire notre simili-café au lait. Mère était déjà dans la cuisine. En peignoir, les cheveux défaits, elle regardait par la fenêtre, observant sans rien dire le mur aveugle du fond, couvert d'une vigne vierge qu'un souffle de vent faisait frissonner. Mère ne se retourna pas vers moi ; elle ne me demanda pas comment j'avais passé la nuit.

Père ne rentra de son bureau qu'au début de l'après-midi. Il arriva sans crier gare et se mit à parler à toute vitesse dès qu'il nous vit tous les trois dans le salon. Comme nous n'avions pas paru comprendre la première fois, il répéta :

— Les Allemands ont déversé les pétroles de La Souys dans la Garonne.

Et, comme un personnage de tragédie, il nous décrivit l'action qui avait eu lieu dans les coulisses. Les flammes couvraient le fleuve jusqu'au-delà du pont de pierre ; des gabares flottant au milieu de l'incendie brûlaient aussi. Des badauds, venus comme au spectacle, s'étaient rassemblés sur le ponton de la gondole où accoste le petit bâtiment qui, traversant la Garonne, relie la ville à la gare de La Bastide. La fumée huileuse qui s'élevait des eaux les avait fait fuir.

Père mimait la scène, évoquait d'un geste de la main les volutes de fumée, d'un autre le reflux des spectateurs courant en désordre. Sa voix forte s'accordait aux événements ; il les avait vus, il les dominait. Bien mieux, après le dîner, ou ce qui en tint lieu — un brouet de pommes de terre auquel il ne toucha pas —, il repartit pour être à son poste avant la nuit. Il nous embrassa avant de partir.

Il ne rentra pas le lendemain mardi. Nous l'avons pourtant attendu pour nous mettre à table. À vingt heures trente — mais nous n'avons su l'heure exacte que le lendemain, quand des gens qui avaient eu la présence d'esprit de regarder leur montre nous l'ont dit — une détonation fit tinter à l'unisson toutes les tulipes de la suspension en bronze dans la salle à manger. L'explosion fut aussitôt suivie d'une fusillade, de rafales de mitrailleuses et de tirs antiaériens dont les balles traçantes rayèrent le ciel d'été, de plus en plus brillantes au fur et à mesure que la nuit tombait, tandis que de l'autre côté des eaux invisibles du fleuve on entendait les départs sourds des canons de l'artillerie de marine.

Nous avons passé la nuit dans la cave, tous les trois roulés en boule sur les canapés en rotin qu'à la différence de la tante Victoria nous avions descendus de la véranda, dont les fragiles vitrages nous paraissaient une invitation aux tapis de bombes des superforteresses alliées. Et jusqu'au matin nous avons cru que les coups qui retentissaient dans nos têtes comme sur la ville se rapprochaient peu à peu de nous.

Père, cette fois-ci, est rentré de bonne heure. Il restait un peu de chicorée que nous avons bue dans la cuisine. Nous nous sommes raconté nos aventures. L'explosion de la nuit dernière, c'était le blockhaus de la rue Raze, à deux pas de chez nous. Il était bourré d'explosifs destinés à détruire le pont et les quais, paraît-il. Mais tout avait sauté à la fois, « comme l'énorme bouchon de champagne d'une bouteille géante », ajouta Père. Il nous apprit que la canonnade qui avait suivi était le fruit d'une méprise. Un groupe de maquisards avait ouvert le feu depuis les toits de La Bastide. Les bâtiments allemands amarrés aux quais avaient répondu par des salves d'artillerie qui atteignirent un régiment de D.C.A., lequel, s'apprêtant à se replier, se rassemblait de l'autre côté de La Bastide, sur la route de Paris. Les servants des batteries de D.C.A. crurent à une attaque en règle des maquisards que l'on signalait partout depuis quelques jours et retournèrent leurs batteries vers le fleuve, tandis qu'en ville on tirait partout, à l'aveuglette.

Oui, nous avions entendu, nous aussi, les bruits de la bataille. Puis, Sis et moi, nous avons accompagné Mère aux provisions. Les vitrines des magasins étaient brisées et nous avons marché sur les éclats de verre qui couvraient les trottoirs. Certains fragments étaient minuscules, de vrais confettis qui vous laissaient pourtant une gouttelette de sang au doigt.

La boulangère rafistolait déjà sa devanture avec des bandes de papier collant qu'elle déroulait, tels des serpentins. En servant ses clients, elle répétait :

— C'est la fin. Paris est libéré !

Beaucoup de gens le savaient déjà. Quelqu'un, en passant, cria :

— La gendarmerie de la rue Judaïque a hissé le drapeau français !

Des femmes avaient les larmes aux yeux. Nous sommes rentrés avec un morceau de pain, pas plus gros qu'une tartine un peu épaisse. Au coin de notre rue, il y avait un chien crevé que nous n'avions pas vu à l'aller. Cette nuit-là fut calme. Sis et moi, comme nous ne pouvions pas dormir, nous sommes montés dans le grenier pour, depuis les lucarnes, contempler au loin l'embrasement de la poudrière de Saint-Médard. Puis nous avons dormi sur des matelas, à même le plancher. Sis m'a laissé lui caresser les seins, deux fleurs mauves posées sur une poitrine de garçon.

Au matin, tout le quartier s'était pavoisé de tricolore. Père, qui était allé aux nouvelles, nous apprit que la Feldkommandantur de la place Pey-Berland avait amené son drapeau.

— Ils déménagent !

Mais ça ne s'est pas passé aussi facilement. Le lendemain, vendredi, nous avons observé, depuis les quais, le pont de pierre sur lequel avançaient sans interruption les colonnes de l'armée allemande. Venues du sud, et même de la frontière espagnole, disait-on, elles traversaient le pont de pierre, dont seules les arches vérifient le nom, découpant en demi-cercles au-dessus de l'eau opaque la maçonnerie rouge comme les balustrades des loges les tentures de velours d'un théâtre à l'italienne. L'interminable convoi poursuivait vers La Bastide où il s'enfonçait dans le boulevard que seul l'alignement des immeubles révélait. D'abord ce furent des camions dont les bâches dissimulaient le chargement. Des voitures civiles, des Citroën, des Peugeot, dans lesquelles on apercevait des uniformes, les accompagnaient. Puis, à la fin de l'après-midi, ce furent des chevaux tirant des remorques, des prolonges d'artillerie. Il y avait même des attelages de mulets, comme au Pays basque. On s'étonnait que leur harnachement ne fût pas décoré des fleurs et des guirlandes de feuilles d'une fête votive. On s'attendait à voir surgir aussi les bergers des Landes, montés sur leurs échasses, et avec eux des Béarnais en veste courte, et encore, marchant devant eux, un enfant jouant de la flûte en s'accompagnant d'un tambourin.

— Ah, ce n'est plus la même musique, déclara quelqu'un, derrière nous. Ils décampent sans tambour ni trompette.

Des cyclistes passaient encore, leur barda sur le porte-bagages. Certains étaient sur des vélos de femme.

Le défilé continuait toujours à la tombée de la nuit, comme un carnaval qui ne finissait pas. Les ombres allongeaient les silhouettes, devenues grotesques. Les gens que nous avons rencontrés en rentrant paraissaient, eux aussi, porter des masques aux sourcils charbonnés, aux pommettes peintes en rouge.

Père nous a quittés à la nuit noire. Ce qui nous a rassurés, c'est qu'il était avec le frère cadet de Mère.

Elle s'était exclamée :

— Avec la plume au chapeau, on vous prendrait tous les deux pour les mousquetaires du roi !

— Nous sommes les voltigeurs de la République, avait répondu l'oncle Eugène en nous montrant le brassard bleu blanc rouge qu'il gardait, plié en quatre, dans sa poche revolver.

Mais un peu plus tard, nous avons craint pour leur vie quand les fusillades et les explosions ont repris. Nous n'avons pas même fait le simulacre de nous coucher, d'enlever nos vêtements, et, dans le noir, nous avons écouté le bruit de la bataille qui recommençait. Nous étions sûrs qu'au matin il ne resterait rien de la ville.

Et pourtant, le calme revint avec le jour. Mère avait fini par sommeiller, assise dans un fauteuil. Sis et moi, nous sommes sortis dans la rue silencieuse et nous nous sommes aventurés jusqu'aux Quinconces. Quel spectacle ! De l'esplanade, on apercevait aux trois quarts coulés les bateaux allemands qui s'étaient sabordés pendant la nuit. Nous n'avons pas poussé plus loin : des fûts de pétrole brûlaient sur les allées de Chartres. Un type, en *leggings* et avec un brassard comme celui de l'oncle Eugène, nous a crié de nous éloigner.

Il y eut encore des tirs de D.C.A. pendant la nuit suivante. La lueur intermittente des déflagrations éclairait nos fenêtres comme en plein midi. Heureusement, Père était de retour. Le bruit des combats ne paraissait pas l'inquiéter. Il restait quelque chose d'un sourire au coin de ses lèvres, tandis qu'il commentait les explosions qui faisaient sonner nos vitres :

— C'est sûrement à la base sous-marine !

Le lendemain, dimanche, le frère cadet de Mère se présenta chez nous à l'heure où nous allions d'habitude à la messe. Cette fois-ci, il portait son brassard bien en évidence. Il nous embrassa comme pour effacer les périls de la nuit.

Il nous annonça :

— C'est la fin !

Lui aussi en riait. Il précisa :

— C'est la fin des haricots!

Il nous apprit que les Allemands encore en ville étaient maintenant cantonnés près du Grand Théâtre, du Splendid et de la place de la Victoire.

Il but une des demi-bouteilles de médoc que Père gardait tout exprès dans le fond d'un buffet de cuisine, prêtes à être ouvertes pour de telles occasions, à l'improviste — cul sec! L'oncle Eugène nous raconta le fait d'armes de la nuit : son groupe s'était emparé d'une traction avant, d'ailleurs en panne, qu'un *feldwebel* venait de réquisitionner un moment plus tôt à la préfecture.

— Il paraît que c'est la troisième fois qu'on la réquisitionnait. Même la voiture du préfet a été raflée!

Eux n'avaient pas laissé l'affaire leur échapper. Et là où ils avaient caché la traction, elle ne risquait plus rien, avait-il conclu.

Un peu plus tard, il nous conduisit, Zoé et moi — car Père avait regagné son bureau, son « Quartier Général », comme il disait —, jusqu'à la Garonne. Une fumée noire traînait au-dessus de La Bastide, sur l'autre rive.

— Ce sont les derniers dépôts qui ont sauté, commenta l'oncle Eugène, avant de nous raccompagner.

Dans toutes les rues, nous avons rencontré des passants qui portaient des drapeaux.

L'oncle nous quitta dans l'entrée de notre maison en nous lançant un clin d'œil :

— Il faut que je m'esbigne!

Mère s'est demandé où il avait appris à parler argot. Si elle trouvait qu'il se donnait mauvais genre, elle ne le dit pas.

Nous sommes restés un moment sur la véranda, qui n'avait pas été bombardée, après tout. Par-dessus le mur et sa vigne vierge, le voisin nous a crié qu'il n'y aurait pas besoin d'un « raid de la R.A.F. », puisque « les dernières pièces de D.C.A. » venaient d'être « sabordées », et que « les F.F.I. » entreraient « en masse » dans la ville, « au cours de la nuit ».

Pour une fois, ce n'était pas un bobard. Le lendemain, lundi 28 août 1944, nous nous sommes réveillés libres, comme nous l'avons entendu à la radio. Car nous ne sommes pas allés acclamer la marche triomphale des vainqueurs et nous mêler à la foule joyeuse qui dansait sur la place de la Comédie : cela pouvait être « dangereux », déclara Mère, à qui ces débordements populaires ne disaient rien qui vaille.

Et ce soir-là, nous avons tous regagné nos chambres respectives, à peine un peu plus tard qu'à l'heure qui nous était habituelle avant les derniers événements. Zoé m'a embrassé quand je me suis couché, de bon cœur cette fois. Ce n'est pas tous les jours la Libération, soir de victoire.

Sis portait sa chemise de nuit rose à col de dentelle. L'ourlet, au bas, ne dépassait pas ses genoux qu'elle avait ronds et lisses comme ceux des statues dans les squares. Quand elle allait et venait dans la chambre, son vêtement volait autour d'elle et ses plis laissaient voir par intermittence un peu de ses cuisses, plus minces, plus fuselées que celles de son ami Thérèse. Je me demandai ce que cette vicieuse était devenue.

V

Du reste, nous n'avons pas revu Thérèse chez la tante Victoria, le dimanche suivant. Son bourreau d'un jour n'était pas présent non plus. Coïncidence ? Qui peut le dire ! En revanche, en guise de thé, on a sablé le champagne comme aux plus beaux jours. Toutes les nouvelles étaient bonnes : tandis que les Britanniques libéraient Bruxelles et Anvers, puis franchissaient la frontière hollandaise, les Américains entraient en Allemagne ; ils avaient pris le premier village allemand, celui de Perle, à dix-huit kilomètres au nord-est de Thionville. D'autres communiqués victorieux, qu'on se récitait en levant son verre, décrivaient l'avance alliée en Italie. Ceux du front de l'Est ne soulevaient pas le même enthousiasme : parties de Bucarest, les colonnes russes avançaient vers la Hongrie, la Yougoslavie... pays lointains, à la réputation douteuse, à l'histoire catastrophique.

La tante Victoria exprima le sentiment général :

— Malgré les événements que nous venons de vivre, nous pouvons remercier Dieu de nous avoir fait naître en France.

Elle n'ajouta pas : « Et de surcroît, ici ! », mais tout le monde l'avait pensé.

Elle se tourna vers son neveu favori, l'archiprêtre

de Saint-Ferdinand, cherchant l'approbation de l'Église catholique. Elle ne l'obtint pas. En quelques phrases d'apparence anodine, mais tortillées ensemble comme un fil de fer barbelé, notre cousin rappela que la parole de Dieu ne connaissait pas de frontières et que son royaume, sans être de ce monde, l'englobait tout entier, y compris les steppes et les marais aux confins de l'Europe, la brousse africaine et les quartiers déshérités de Bordeaux. Avec le recul des années, on voyait quelle avance il avait sur les événements, ou plutôt sur le discours qui les décrit, les accompagne, et pour finir en tient lieu. Plus de France « fille aînée de l'Église » ; avec lui, on entrait dans l'ère moderne, globale, planétaire.

Plus près de nous, la ville de Ruffec venait d'être libérée, ce qui, chacun en convint, était une bonne chose. On commenta aussi, pour s'en attrister, le naufrage du cargo *Alabama* et du paquebot *De Grasse,* mouillés devant Blaye, à l'est de l'Île-sans-pain. Dans la nuit du mardi 29 au mercredi 30 août, vers quatre heures, un chalutier armé allemand les avait attaqués avec des grenades sous-marines. Si l'*Alabama* avait pu être maintenu à flot, le *De Grasse* en revanche avait coulé. Père précisa, comme s'il l'avait vu de ses propres yeux, que seules étaient visibles les superstructures de l'épave couchée au fond du fleuve.

Il conclut :

— Même s'il n'avait pas pu naviguer en raison de la guerre, c'était le dernier grand paquebot de la Compagnie Transatlantique.

Des soupirs, des hochements de tête lui répondirent. Il y avait une excellente nouvelle cependant : les relations postales aériennes avec les colonies avaient repris ; Afrique du Nord, A.-O.F., A.-E.F., Côte des Somalis... Ce retour à la normale était le bienvenu ; les affaires ne pouvaient que reprendre à leur tour.

À vrai dire, ce qui intriguait dans le journal, ce dont on ne parlait qu'entre soi, c'étaient les avis qu'on avait lus placardés place Saint-Projet, qu'on trouvait encore sur les panneaux d'affichage de la mairie, et que *Sud Ouest* — qui venait de remplacer, mais sans changer d'adresse, notre *Petite Gironde* — reprenait quotidiennement. Chaque avis était signé « Losange » et « Rectangle ».

— Pourquoi pas « Rosange-Lectangle » ? lança Père à la cantonade.

— Est-ce qu'on sait de qui il s'agit ? s'étonna une des douairières, que cette orgie de champagne empêchait de dormir dans son fauteuil.

Oui, ou du moins on avait une idée. Ces pseudonymes géométriques dissimulaient les représentants de l'état-major interallié dans notre région et, comme tels, les grands agents de liaison entre le maquis et les forces anglo-américaines. Deux héros, donc, continuait un écho dans le journal — un seul feuillet recto verso — que la maîtresse de maison montra à la ronde, en le tenant entre deux doigts, tout en détournant la tête comme s'il s'agissait d'un torchon malodorant. Oui, deux officiers, jeunes, énergiques, volontaires, deux cœurs d'élite. Chacun ressentait à leur contact ce rayonnement qui est la marque de ceux qui savent oser et vouloir, s'émerveillait l'auteur de l'article. Le Français était un colonial bien de chez nous, officier formé à la rude école de la guerre sur le sol africain. L'Anglais était un gentleman au regard franc et loyal. Personne d'entre nous ne les avait encore rencontrés.

En attendant, ils signaient des appels pour qu'on leur dénonce tous les Allemands qui traîneraient encore, de-ci de-là, les miliciens, les hostiles de toute sorte. Quant à leurs complices, on leur promettait fort nettement de les passer sans délai par les armes. Nous avons conclu, d'après le style du communiqué, qu'il avait été rédigé par le colonial. L'Anglais n'aurait pas dit les choses de la même façon. Certes, depuis les bombardements aériens qui avaient secoué la ville, leur sens de l'*understatement* était quelque peu mis en doute, et on allait jusqu'à les accuser à mots couverts de manier le pavé de l'ours en déversant des tonnes de bombes, à tort et à travers. Sans doute était-ce de l'acier Sheffield, dûment estampillé, tout comme l'argenterie Mappin & Webb de la tante Victoria, mais ce n'était là qu'une demi-consolation.

Le nouveau commandant de la place ne désirait pas, en revanche, conserver l'anonymat. Il avait posé pour les photographes, au milieu des partisans qui avaient chassé l'ennemi et libéré la ville, flanqué de ses adjoints aux uniformes disparates. Les vareuses d'avant guerre se mêlaient aux blousons modernes, « à la Montgomery » ou « à la Eisenhower », les bottes Saumur aux bandes molletières façon Dunkerque, les képis à la visière cassée vers le haut dans la tradition légionnaire aux bérets rejetés en arrière, à la béarnaise, ou inclinés sur l'œil comme chez les chasseurs alpins, et encore aux calots de toutes origines, aplatis d'une claque ou relevés en pointe aux deux bouts, portés sous tous les angles, mais toujours fièrement. Le colonel devait rêver aux étoiles, car il avait à la main une canne-siège comme nos grands généraux, son second un stick comme les officiers de l'armée des Indes. Le journal passait de main en main ; on faisait la moue devant la photo : l'élégance vestimentaire — même militaire — ne s'apprend pas. La tante Victoria regrettait que la ville n'eût pas été libérée par un des plus beaux régiments de l'armée anglaise, les grenadiers royaux, les Écossais, ou au moins les fusiliers de la marine de guerre qui, autrefois, lors des escales, paradaient en musique sur l'esplanade des Quinconces. Tout le monde convint que cela aurait été plus conforme à notre tradition, notre vocation historique.

— Sans oublier les Irlandais, dit un jeune homme, étudiant en droit, et qui passait pour un esprit fort.

Oui, les Irlandais aussi, ajouta-t-on. Leur statut était intermédiaire : catholiques comme nous, du moins pour certains, mais porteurs de noms anglais, et aussi négociants du pavé des Chartrons. Mais négociants en vins exclusivement, à la différence de Père qui achetait ou vendait de tout, de sa famille qui, dans l'armement naval, n'était pas regardante sur les cargaisons. À deux pas de chez nous, on pouvait lire sur des plaques de cuivre dont la gravure s'effaçait sous des siècles de polissage les noms de la véritable aristocratie, celle qui faisait la pluie et le beau temps, contrôlait les cours du vin en entassant dans ses chais tous les bons millésimes. Même des propriétaires comme les Casté, qui faisaient aussi le commerce du bois et avaient leur pied-à-terre tout à côté, devaient s'y plier. Nous connaissions les dynasties, précises comme celles des familles régnantes, et aussi les zones d'influence, les cas particuliers. Je m'y perds un peu ; c'est du genre des neuf chœurs des anges, au Paradis et, de plus, les temps ont changé.

L'archiprêtre de Saint-Ferdinand paraissait faire la moue devant les trônes et les dominations de notre cosmogonie. Il la connaissait pourtant aussi bien que nous, mais on voyait qu'il ne l'admirait aucunement. Quand il serait crossé et mitré, gare ! Il n'y aurait plus avec lui de ces compromissions, de ces arrangements dont les quatre dernières années et toutes les précédentes avaient été riches d'exemples. On sentait qu'il serait devant tout ce beau monde comme un miroir leur renvoyant leur image, implacablement. Il leur tiendrait un discours auquel ils ne s'attendaient pas. Ils découvriraient une nouvelle rhétorique, en guise d'éloquence sacrée. Au lieu de sermons en trois parties symétriques ils liraient, sans d'abord en croire leurs yeux, des communiqués d'un paragraphe, insidieux et vaguement menaçants.

Père, sans doute mis en verve par son jeune émule, l'étudiant en droit, s'étonna à voix haute :

— Dites-moi, l'abbé, vous ne paraissez pas vous réjouir de la victoire.

L'archiprêtre eut un haut-le-corps, pinça de nouveau les lèvres pour dire :

— Mais je ne dis pas cela.

En effet, il n'avait rien dit. Mais Père poursuivit :

— Au fond, la défaite, l'occupation étaient tout bénéfice pour l'Église. Quand les gens sont malheureux, ils se montrent plus dociles, n'est-ce pas ?

— Je ne dis pas cela.

Il faisait son Molière, nous rejouait la scène du sonnet d'Oronte dans le premier acte du *Misanthrope*. Mais à sa façon, qui n'était pas bouffonne. Il détachait chaque mot, tel un maître d'école vétilleux, le chargeait d'indignation contenue. On se serait déjà cru à l'Actor's Studio.

Père ne voulait pas lui laisser le mot de la fin ; il reprit en arrondissant ses phrases :

— Mais vous conviendrez qu'il s'agit bien de votre mission qui est de guider dans la tourmente le troupeau apeuré. Il s'agit de panser les plaies du corps aussi bien que celles de l'âme, réconforter les brebis égarées, physiquement et spirituellement.

Les yeux de l'archiprêtre, derrière ses lunettes, étaient devenus des fentes protégeant un regard qui semblait venir de très loin. Mais le futur prélat n'avait pas des nerfs d'acier. Il céda à la provocation :

— Vous avez raison, et c'est bien notre devoir à tous que de venir en aide à notre prochain. Ces dernières semaines, n'avez-vous pas fait de même, et sans oublier vos intérêts matériels, en veillant courageusement la nuit sur votre maison de commerce, tout en rassurant la femme de votre associé, trop effrayée pour rester seule chez elle ?

Père parut approuver de tout son corps, de ses épaules qui remontèrent de chaque côté de sa tête, de ses pieds qui battirent le rythme de ses hochements de menton :

— Oui, et il y a mille autres exemples encore !

De ces mille exemples, il ne fut d'ailleurs pas question. Le débat n'avait intéressé personne, parce qu'obscur et abstrait, sauf Mère, dont les yeux firent le tour de la pièce, et qui se tourna vers nous afin de vérifier si nous avions bien entendu. Dans le doute, ou du moins pour exorciser les dernières paroles, elle proposa à Zoé et à moi, ainsi qu'à une petite fille que nous ne connaissions pas, d'aller jouer sur la véranda.

Si cette petite fille n'était pas muette, elle ne nous le prouva pas. Elle resta débout, observant depuis les vitrages l'horizon des toits et des arbres. Sis et moi, nous l'avons bientôt plantée là pour nous promener dans les pièces vides. La chambre de la tante était la plus vaste. Un lit à la tête capitonnée occupait le mur opposé à la cheminée ; une paire de fauteuils crapauds, également capitonnés, flanquaient la fenêtre. Un tiroir de la commode n'était qu'à demi fermé.

— Tiens, ce sont les dessous de Victoria ! s'exclama Sis.

En effet, il y avait là des piles de culottes bouffantes, aussi larges que les abat-jour du salon, et comme eux décorées de petites fronces, et encore des camisoles, des jupons, des caracos, des bas de toutes les nuances chair. Je dépliai les étoffes soyeuses, les brassai comme à l'étal d'un marché, tandis que Sister observait sans rien dire ce déballage rose qui sentait la lavande.

Sans doute parce qu'elle ne voulait pas être prise en faute, comme la dernière fois, Sis repoussa tout à coup le tiroir d'où je parvins cependant à retirer un unique bas. Dans son revers, large d'une main et d'une couleur plus sombre, s'achevait une couture ronde, à peine sensible au toucher. Nous sommes aussitôt revenus au salon. On nous y remarqua à peine, et personne ne me demanda ce que j'avais dans ma poche.

La conversation avait changé. Il était question des immeubles, des villas d'Arcachon, réquisitionnés au début de la guerre, et dont les propriétaires pouvaient reprendre possession pour les surveiller, empêcher leur pillage. Mais comment s'y rendre ? L'essence faisait défaut. En trouver n'était pas tout car les voitures de tourisme ne pouvaient circuler qu'exceptionnellement. Un permis valable quarante-huit heures était nécessaire ; les commissariats de police ne les délivraient qu'au compte-gouttes. De plus, les pneus manquaient. Les hommes, réunis dans un coin du salon, tenaient conseil. Un médecin, dont on disait dans la famille qu'il était très distingué, déclara qu'il attendrait encore un peu avant de sortir sa Delahaye de la remise où, sous des sacs de toile, elle avait passé la guerre. Quelqu'un demanda si on pouvait monter des pneus 32 × 6 sur une Ford quatre cylindres. À ce jour, je ne connais pas la réponse.

Nous sommes partis peu après, moins brusquement que l'autre fois, comme il sied à un lendemain de victoire. Dans la rue, Père marchait devant ; il sifflait la *Marche consulaire* entre ses dents. Mère faisait la tête. Mais de quoi pouvait-elle se plaindre ? Les Casté n'avaient vraiment plus rien à dire. Leurs ennuis n'étaient pas domestiques, mais publics. Leur opulence qui ne s'était jamais démentie depuis le début de la guerre avait une origine, maintenant dévoilée : le marché noir. Des histoires de poteaux de mines, de traverses de chemin de fer, et sur une grande échelle. À leur décharge, on constatait, mais en famille seulement, qu'ils l'avaient pratiqué en respectant à la lettre les formes commerciales. Les nouvelles autorités n'y mettaient pas tant de nuances : elles avaient averti qu'amendes et transactions à l'amiable ne suffiraient pas. Leurs biens étaient déjà sous séquestre ; ils seraient bientôt saisis, y compris leur château qui faisait par trop nouveau riche, en effet. D'ailleurs, nous ne sommes jamais retournés chez eux. Sis et moi, nous ne l'avons pas regretté, et nous avons même trouvé que c'était bien fait pour François-Momo. Voilà qui rabattrait le caquet de ce petit prétentieux.

Nous n'aurions pas dû nous en réjouir si vite. Nous n'imaginions pas la suite, tout ce que l'avenir nous réservait ! De plus, pour François-Momo, ce désastre fut le début d'une réforme morale. Il entra peu après au séminaire et, des années plus tard, partit missionnaire en Afrique noire. Il y est resté, même après l'indépendance, trop attaché à la brousse pour revenir sous nos latitudes. Il s'était pris d'amour pour les indigènes ; il dirigeait des chorales de petits chanteurs noirs, des ensembles d'une puissance à vous couper le souffle, disait-on. Et puis tous les registres, des tenorini comme s'il en pleuvait, des voix de haute-contre tout à fait exotiques. Nous n'avons pas revu François-Momo ; cela valait mieux. Qu'aurait-il pu nous dire ? Et nous, que lui aurions-nous raconté de neuf ? Ces retrouvailles sont gênantes pour tout le monde.

En revanche, l'oncle Eugène n'était pas loin. Lui aussi avait des ennuis ; c'était de famille. Mais les siens étaient modestes : c'était l'affaire dc la traction avant. Son propriétaire légitime, une fois les événements passés, avait fait publier une annonce dans *Sud Ouest,* dont il était d'ailleurs correspondant local pour la banlieue nord-est. Il n'avait pas épargné sa peine, décrivant son automobile par le menu : éraflures de la carrosserie, numéro du moteur et des pneus, couleur des sièges, contenu de la boîte à gants. Il promettait une forte récompense à qui la retrouverait.

Eugène et ses copains avaient été dénoncés dans les quarante-huit heures par le garagiste chez qui ils avaient caché la traction. Lui avait des combines à se faire pardonner. Eux avaient meilleure réputation ; de plus, ils avaient bien participé à la libération de Bordeaux. Ils montrèrent leur brassard. Pour cette fois, on les laissa filer. Il y avait mieux à faire qu'à courir après les vieilles bagnoles. Après tout, ce n'était qu'un malentendu. Ces jeunes gens avaient tout au plus mis à l'abri, et sans avoir encore eu le temps de prévenir son propriétaire, une voiture que les Allemands avaient volée ; leur honnêteté foncière n'était pas en cause.

La bonne humeur de l'oncle Eugène ne fut pas affectée par cet incident. On le revit souvent à la maison. Avec Père, il s'entendait de mieux en mieux. C'est quand même l'oncle qui m'a chipé mon bas, un jour où je voulais m'en faire une écharpe. Mais je ne lui en veux pas : il ne l'a dit à personne, et je suis sûr qu'il l'a donné en cadeau à une de ses belles conquêtes qui avait besoin de se réassortir. À cette époque-là, on faisait flèche de tout bois.

VI

— Négociant à Bordeaux, c'est un titre de noblesse !

Père l'affirmait hautement à qui voulait l'entendre, et puis encore une fois pour faire bonne mesure, convaincre tout à fait. Pourtant, personne ne l'aurait contredit. C'étaient plutôt les événements qui refusaient de se soumettre à nos vérités et qui s'enchaînaient selon leur logique à eux.

Depuis un an, nous étions allés de victoire en victoire ; leur lendemain était celui d'un jour de fête. Nous avions la tête lourde, et dans la bouche un goût de vomi. Les derniers épisodes que nous rapportaient les journaux ne nous étonnaient même plus, comme l'arrivée de la flotte américaine dans la baie de Sangami, au Japon, son vaisseau amiral, le *Missouri,* en tête, escorté par le torpilleur adverse, le *Hatuzukura,* ou bien l'entrée des Russes à Port Arthur, qui n'était pas décrite avec une minutie comparable. Même le voyage du général de Gaulle à New York ne balayait pas le scepticisme des gens. Et pourtant, il était triomphal : deux millions d'Américains l'avaient acclamé le long de Broadway et de la Cinquième Avenue. Depuis les gratte-ciel, on avait saupoudré son cortège des petits carrés de papier arrachés aux bandes enregistreuses des télétypes.

— Il commence à ressembler à un comique troupier, remarquait Père. D'ailleurs, avec son beau képi, il en a la dégaine, à la Paulus. Il va bientôt nous chanter *En r'venant d'la r'vue.* On criera : « Bis ! Vive le général Boulanger ! »

Père préférait le général de Gaulle du temps où il parlait à la BBC : toujours le chic londonien.

En repliant son journal Père fredonnait, en désordre :

« *Gais et contents, le cœur à l'aise,*

Nous marchions triomphants en allant à Longchamp

Voir et complimenter l'armée française... »

Il avait une belle voix de baryton, onctueuse dans les graves. À peu près à cette époque, Mère a cessé de nous jouer des berceuses, des barcarolles sur le piano du salon.

— Il a besoin d'être accordé, nous répondait-elle.

Il paraît qu'on ne trouvait plus personne pour ça.

La géopolitique, l'art lyrique ou instrumental nous préoccupaient moins que la vente libre du pain. On y comptait pour bientôt — c'était presque officiel. Les agriculteurs livreraient-ils des quantités de blé suffisantes pour compléter nos importations du Canada et des États-Unis ? Voilà la question qu'on se posait, dès le matin, en se levant.

Père allait à son bureau de bonne heure. Zoé et moi, nous lui rendions visite le jeudi, après le catéchisme. L'entrée de son immeuble était, comme tout le quartier, noire de crasse.

— La patine du quai des Chartrons, nous faisait-il remarquer, ainsi qu'à tous ses nouveaux visiteurs.

Et, certes, tous les joyaux de notre architecture, et jusqu'aux macarons et aux pilastres des façades, aux ferronneries chantournées des fenêtres, aux heurtoirs ciselés des portes, se dissimulaient sous une lèpre sombre qui sentait le moisi et les rinçures de barrique.

Pour atteindre le bureau de Père, on devait passer par une cour plus obscure encore, buter contre une marche de pierre creusée en son centre, tâtonner dans un couloir dont le plafond paraissait s'élever jusqu'au premier étage. On donnait enfin de la tête sur une plaque de cuivre qui, elle, étincelait. Elle portait notre nom et aussi, depuis quelques semaines seulement, celui du frère cadet de Mère.

Car notre ancien associé s'était retiré des affaires. Il était bien rentré, à son heure, avec les autres prisonniers, et, à la différence de beaucoup, avait retrouvé sa maison où pas un bibelot n'avait changé de place, comme si personne n'y avait habité depuis son départ. Mais reprendre le collier quotidien, et, du fond de ce bureau où le soleil ne pénétrait qu'à peine en plein midi, négocier des affrètements, se battre bec et ongles pour tenter de grappiller trois sous ici, d'en rogner deux là : tout cela ne lui convenait plus. L'archiprêtre de Saint-Ferdinand avait vu juste : l'homme avait changé de perspective en toutes choses ; il s'était découvert une nouvelle voie. En cinq ans de captivité, il avait compris que sa liberté était intérieure ; il n'allait pas la compromettre dans des gestes, des habitudes dérisoires qui étaient d'autres barbelés, d'autres miradors, plus redoutables que les vrais, parce qu'invisibles.

Il avait vidé son sac dès son retour. Sa décision était irrévocable. Non seulement il ne se rendait pas à son bureau mais encore il ne sortait plus de chez lui, sinon pour une promenade quotidienne dans l'étroit jardin accolé à sa maison — une seule promenade, après le déjeuner. Il se voyait chartreux.

C'est à ce moment-là que Père et Eugène étaient venus le voir. Ils l'avaient trouvé en robe de chambre à carreaux, un arrosoir à la main — un arrosoir-jouet, en cuivre rouge. Il faisait le tour de l'unique plate-bande, surveillant les bégonias, les pétunias, et même un dahlia — précoce, celui-là.

Il n'avait d'abord pas paru prêter attention au salut amical de Père, avait dégagé sa main qu'Eugène serrait avec énergie. Père avait tenté de le raisonner. Peut-être, cette fois-ci, n'avait-il pas su se montrer convaincant ? Eugène esquissa une analogie avec l'esprit de la Résistance, l'aventure collective qu'elle avait représentée, qui ne fut pas reprise au bond.

Père, à force d'insister, n'avait obtenu pour toute réponse qu'une imitation des conversations qu'ils tenaient tous deux, autrefois, au téléphone :

— Quels sont vos taux à la tonne ? Oh ! beaucoup trop élevés pour une cargaison de ce type ! Peut-on envisager de reprendre la discussion en tenant compte de barèmes dégressifs ? Oui ? En tout cas vous me l'écrirez sous huitaine ? Au plaisir de vous lire !

Maintenant, il riait tout seul, prenait Père à témoin, qui finissait par s'esclaffer avec lui. Sa femme ne goûtait pas la plaisanterie. Elle gardait un air inquiet que tous remarquèrent. Elle téléphona à Père plusieurs fois, le soir après dîner. Il lui répondait à voix basse dans le petit salon où se trouvait l'appareil — un modèle ancien.

Finalement, elle dut se ranger à l'avis de son mari, l'inflexible. Il liquidait sa part dans le « business ». On s'entendit sur le prix. Par les temps qui couraient, cela ne faisait pas une fortune. Mais c'était encore trop pour nous : la caisse était à sec. Pensez donc ! Cinq ans d'inactivité précédés de dix ans de marasme ! L'oncle Eugène, dans les fournitures navales, tout l'accastillage minutieux, en cuivre, en aciers spéciaux, en bronze, parvenait à retomber sur ses pieds. Mais le moment était mal choisi : il se trouvait aussi raide que nous. Régler la note, c'était salé !

— Je suis le dindon de la farce, reconnut Père, un soir.

Oui, il se sentait un peu cocu. Certes, il avait sa conscience pour lui. Il ne s'était pas livré à des opérations de marché noir, des combines déshonorantes. Il s'était contenté d'attendre des jours meilleurs, en gardant intacte la réputation de leur honorable maison de commerce. Son attentisme n'était pas de la paresse. Loin de là ! Père s'échauffait, enchaînait les périodes oratoires ; il devenait tout à fait éloquent. Son discours était maintenant au point : les amplifications homériques lui donnaient du souffle, un rythme d'ouragan.

Il retournait une fois de plus chez son associé, reprenait ses arguments un à un. L'autre n'en était pas ému ; en réalité, il n'avait pas d'opinion sur la question, l'actualité du monde. Le retournement de la tendance économique, la reconstruction du territoire, la reprise du commerce, il s'en tamponnait. Lui prenait ses cliques et ses claques et mettait la clé sous la porte. Il avait mieux à faire. En outre, sa conviction était que le climat de la Méditerranée serait meilleur pour sa santé.

— Ce qui nous tue, disait-il à Père, en guise de conclusion, c'est l'humidité de l'Atlantique, les brouillards pénétrants de l'estuaire, la pluie en toutes saisons. Tandis que l'air sec de la Côte d'Azur…

Il ne terminait pas sa phrase, mais son sourire en disait long sur le bonheur qu'il se promettait au soleil, sous les palmiers de la promenade des Anglais, devant les flots bleus de la Méditerranée qui lui feraient oublier les matins glacés et les vagues grisâtres de la Baltique, miroir d'étain qui réfléchissait un ciel plus terne encore. Poésie, bonheur, ce n'était pas ici et maintenant mais là-bas et dès demain qu'il les voyait, continus et faits de choses simples : la lumière blonde d'un matin radieux coulant sur une terrasse aux tomettes vernies et que borde une haie de mimosas, tandis qu'on boit à petites gorgées une tasse de vrai café.

— Mon royaume pour un petit noir, soupirait quant à lui Père, en respirant l'arôme de l'orge grillée que Mère nous servait, avec un sourire quand même.

Nous la buvions telle quelle, car le sucre continuait de manquer. Le service du rationnement nous en promettait un peu plus à l'avenir. Les travailleurs de force étaient mieux lotis du côté du vin : double ration ! Nous n'étions pas envieux pour autant ; le vin était ce dont nous manquions le moins. D'ailleurs, si pour nos crus 1944 avait été une année très moyenne, 1945 serait une année exceptionnelle malgré les dégâts causés par le gel.

En revanche, les films américains avaient fait leur réapparition. Au Femina, on jouait *Suez,* avec Tyrone Power, à l'Olympia *Les Compagnons de la Nouba,* avec Laurel et Hardy, à l'Apollo *La Taverne de la Jamaïque,* avec Maureen O'Hara, d'autres féeries encore, que j'ai oubliées. Les cigarettes blondes étaient revenues aussi, le tabac « pur Virginie ». L'oncle Eugène ne fumait que celles-là. Il en avait toujours — des anglaises dans un paquet rouge — qu'il posait sur son bureau, devant lui. Père se tenait symétriquement de l'autre côté de la pièce, tapissée de cartonniers aux tiroirs verts, du même vert que les grands rideaux de la fenêtre. En somme, il ne manquait qu'un billard, au milieu, et, derrière les carreaux gris, un coin de ciel bleu.

— Ce n'était pas la peine de gagner la guerre pour se retrouver au point où nous en sommes !

En cette fin de 1945, alors que les pluies d'automne faisaient luire les toits de la ville, Père n'était pas le seul à le remarquer et à le dire à haute voix. Car le retour à la normale se faisait attendre. Certes, dans le port, les « Liberty ships » aux allures de boîtes de conserve déchargeaient un peu de tout : du charbon, des phosphates, du minerai de zinc. Des chalands « L.C.T. » transbordaient les cargaisons depuis Le Verdon. En effet, les installations du port étaient en partie inutilisables ; des épaves gênaient la navigation. Autour des bassins à flot, il y avait, çà et là, des entassements de ferrailles qu'on avait tirées de l'eau. Les hangars, du quai Richelieu au quai des Chartrons, n'avaient pas encore retrouvé leurs vitres, et les grues, au bord de l'eau, manquaient.

Les entrepôts qu'utilisait Père ne valaient guère mieux. Ils étaient à La Bastide, quai de Brazza. Leurs toitures avaient été rafistolées par endroits avec de la tôle récupérée dans d'autres décombres. Ils étaient le plus souvent vides. Père, à l'époque, importait des lots d'arachides au coup par coup pour le compte des huileries familiales qui subsistaient à Cenon et à Bacalan. Leurs propriétaires, plutôt que de passer par les transitaires du port et acquérir la marchandise en

Afrique, préféraient acheter sur place, au fur et à mesure de leurs besoins. Père faisait ainsi venir de Pointe-Noire des lots de cinq cents tonnes d'arachides. L'exportateur les acheminait par la ligne régulière. Dès que le chargement avait eu lieu, le manifeste et le connaissement enregistrés, les huileries versaient un acompte. Certes, les frais venaient en déduction : commissaires, transitaires, experts et assureurs de tout poil exigeaient leur part...

— Les frais augmentent, mais pas les bénéfices, constatait Père.

Il expliquait les choses à l'oncle Eugène, lui apprenait le métier, chemin faisant. Il s'interrogeait aussi, mais c'étaient questions de pure forme. Car le marasme des affaires avait des causes supplémentaires, qu'il relevait. Il accusait la nouvelle majorité municipale de ne pas faire son travail. Des S.F.I.O. : c'était tout dire ! Il se demandait si Mère n'avait pas voté pour eux, comme ça, en catimini, par esprit de contradiction, ou bien par erreur, en glissant le mauvais bulletin dans l'enveloppe, dans la confusion du moment, parce que c'était la première fois que les femmes votaient. À son avis, avec ce droit de vote, on avait ouvert la boîte de Pandore.

Il accompagnait sa remarque d'un geste qui imitait celui des prestidigitateurs, tirant de l'étui à lunettes qu'un spectateur naïf vient de leur confier des guirlandes de foulards multicolores : voyez, rien dans les manches ! Celles de Père paraissaient vides aussi. Mais il ne connaissait pas les trucs, les tours de passe-passe. Comment faire pour que les choses reprennent leur place, que nous retrouvions la nôtre et que nous redorions notre blason ? Nous avions tous besoin de manteaux neufs pour l'hiver.

Au lieu de la paire de colombes battant des ailes que le magicien extrait d'un simple mouchoir chiffonné en boule, Père avait tout de même produit *ex nihilo* une cargaison de moutons néo-zélandais. Une occasion inespérée, tout à fait un hasard. L'affaire avait été retardée par des tracasseries administratives. Père avait dû faire des démarches compliquées auprès de toutes les autorités du pays, et jusqu'aux services sanitaires. Pour finir, le troupeau avait été décimé par la soif dans les wagons d'un train oublié sur une voie de garage au fond d'une gare de triage.

Père avait récupéré quelques douzaines de survivants : des bêtes de concours, des Suffolk à tête noire, qu'il avait gardés pour Saint-Allios. À la maison on s'était mis à parler des races anglaises, la Southdown, la race des dunes du Sud, très rustique, à laquelle appartiennent le Suffolk, qui, lui, vient des dunes de la mer du Nord, et le Shropshire, tandis que le Cotswold, du comté de Gloucester, porte une forte houppe sur le front.

L'oncle Eugène, c'était curieux, aurait préféré, au lieu de moutons, élever des taureaux de combat. Il suivait l'actualité tauromachique dans la presse. Avec la fin de la guerre, on allait enfin revoir de véritables corridas, de ce côté-ci des Pyrénées, ou de l'autre, *tras los montes,* comme disent les *aficionados.* Il était impatient d'admirer Manolete et Arruza, les grandes vedettes du moment, qui enthousiasmaient les foules aux *ferias* de Madrid, Valencia, Bilbao... Il plaçait l'accent tonique au bon endroit.

Père demanda :

— Un gentleman-farmer peut élever des moutons, mais peut-il, sans déroger, s'occuper de taureaux ?

Pour l'oncle Eugène, la question ne se posait même pas. Il avait lu Hemingway.

Nos moutons n'avaient pas très fière allure en sortant des wagons à bestiaux. Ils se bousculaient stupidement en se serrant les uns contre les autres, et pourtant, à Saint-Allios, et en attendant l'abattoir, on leur ouvrait les portes du Paradis.

Père résuma l'épisode une fois pour toutes :

— Il vaut mieux en rire.

— On ne peut pas gagner à tous les coups, confia l'oncle Eugène à Mère.

Il était joueur dans l'âme. L'affaire des moutons lui paraissait dans la nature des choses — une histoire bien ordinaire, ni gaie ni triste. Nous ne pouvions pas en imaginer les conséquences lointaines.

VII

La démission du général de Gaulle, en janvier 1946, n'était peut-être pas moins lourde de conséquences historiques mais elle parut moins distrayante à Père et, sans conteste, de très mauvais goût. Filer à l'anglaise — c'était le cas de le dire — avant qu'on ait le temps de vous mettre à la porte, voilà qui n'était pas franc-jeu.

Mère ne partageait pas ce point de vue. Elle admirait le beau geste, y voyait du panache :

— Henry, vous conviendrez que les femmes ont des raisons de lui être reconnaissantes.

C'était toujours l'histoire du droit de vote. De plus, elle lui trouvait du génie, ce que prouvait le style de ses discours, d'ailleurs supérieur à celui de bien des académiciens. Au fond, elle en pinçait pour l'uniforme.

Père s'obstinait :

— Jo, vous conviendrez avec moi qu'on n'abandonne pas au milieu du gué !

Mère secouait la tête en gardant un demi-sourire. On ne la ferait pas revenir sur l'objet de son admiration ; elle attendrait son retour.

Père lança un dernier trait :

— D'ailleurs, votre grand homme a été prisonnier pendant la guerre de 14-18 !

Pour Père, cela expliquait tout. Son ancien associé, maintenant en rupture de négoce, en était l'exemple le plus flagrant. Il venait de déménager, un dimanche matin, si tôt qu'il faisait encore nuit. Les voisins dirent qu'ils n'avaient rien vu.

— Ils ont décarré à la cloche de bois, conclut Père.

Comme Eugène, il se mettait à l'argot. C'était l'époque.

Pour nous, le retour à la normale aurait voulu dire un retour à Arcachon dès les premières embellies, le printemps fleuri. Bernique !

— La situation n'est pas idéale, avait déclaré Père.

Cela était visible tout au long de la route que nous avions parcourue dans un autocar « grand luxe » qui, partant du cours du Chapeau-Rouge, faisait l'aller-retour dans la journée. De part et d'autre de la chaussée défoncée, au milieu des bois de pins, on apercevait les casemates allemandes abandonnées, dont les épais toits arrondis dissimulaient, au ras du sol, d'étroites meurtrières vides. Il y en avait partout ; elles avaient poussé comme des champignons après la pluie, en notre absence.

— Le mur de l'Atlantique, précisa Père.

Le Bassin était vaste comme un morceau d'océan et fangeux comme une mare à grenouilles. La ville paraissait avoir subi une tempête continue, longue de cinq ans, et qui aurait tout laissé de guingois, la balustrade et les tamaris de la promenade, les cabines de la plage. Dans les rues de la Ville d'hiver du sable s'était accumulé le long des trottoirs. Les villas Second Empire et Troisième République nous montraient leurs donjons, leurs tourelles en meulière, leurs balcons et leurs galeries de bois découpé. Les façades à colombages suisses ou à la mode anglo-chinoise de l'âge d'or colonial nous regardaient de leurs lucarnes ouvragées, leurs soupiraux gothiques ou mauresques, leurs bow-windows aveugles.

— La villa Eugénie ressemble à une gare de funiculaire tyrolien, remarqua Père en nous désignant ses murs rouges.

Il ajouta que c'était « un comble ». Nous l'avions compris.

Mère avait rendu visite à des amis de sa famille qui louaient, vers 1930, la villa Trocadéro, une des plus recherchées alors. Et puis la crise était arrivée. Elle avait dispersé les curistes ruinés, ou tout près de l'être. Ensuite, pour soigner leurs poumons troués, les tubards avaient dû se contenter de décors moins frivoles. Fini le baroque, il fallait de l'utilitaire ! L'architecture militaire en est le meilleur exemple quand elle grave en grosses lettres la fonction des bâtiments sur le linteau des portes : « Armurerie », « Manège », « Musique ». La guerre avait remis tout le monde à égalité. Maintenant, tout était laid, couleur de béton ; tout avait un air de camelote. Notre vie avait la saveur trompeuse des ersatz ; elle était devenue louche.

Mère se retourna vers l'horizon indistinct où se rejoignent le ciel et les eaux du Bassin, et encore, au-delà du goulet, dangereuse passe étroite vers l'infini, les rouleaux gris-vert de l'océan. Elle regardait aussi en elle-même, pour retrouver, pardessus toutes ces années, au pied des pins qui s'avancent jusqu'à la plage, ou encore sur la jetée et les embarcadères, la guirlande des jeunes filles qui, comme elle, tous les jours de l'été, fleurissaient un éden que nous ne pouvions plus voir.

Elle nous décrivit les promenades qu'elle faisait en bateau, avec ses amies, toutes entassées dans un canot dont l'avant ponté de bois verni fendait au gré du vent les vagues poussées par la marée.

Elle continua :

— Pendant toute la saison, il y avait des régates...

Elle laissa la phrase en suspens.

Du côté de la terre, elle nous montra la villa Trocadéro, qu'annonçait un perron, décoré de deux vasques de pierre. Mère nous conduisait maintenant dans les rues, les allées en courbe de ce labyrinthe méthodique.

Elle nous désigna un toit de tuiles rondes, un peu plus loin :

— La première fois que mes parents m'ont amenée ici, j'étais une petite fille — je n'avais pas l'âge de Zoé, même pas celui d'Adam —, ils m'ont parlé de cette villa, la villa Faust. Je n'avais pas compris le nom. Appeler une villa Faust !

Père évoqua la villa Shakespeare, pour mémoire, comme s'il hésitait à faire son choix.

Les jours suivants, on parla encore de villégiatures à Luchon, à Cauterets : les avantages de la montagne ne sont plus à décrire ni à démontrer. Mère était déjà allée à Gavarnie ; elle n'en avait pas conservé un souvenir émerveillé. Sis et moi nous avons regardé la série de nos vues « Sites pyrénéens », les chemins muletiers, le cirque grandiose, tout un dimanche après-midi, dans ma chambre.

Finalement, il restait Saint-Allios, ce qui était la meilleure solution. L'air était moins vivifiant qu'à

Arcachon, les paysages moins escarpés qu'au pic du Midi. Mais, justement, on s'y tenait en tout loin des extrêmes. On y visait à l'harmonie. On sentait cependant des dissonances dans le bourg, une atmosphère pesante. Les gens se taisaient en public. Des histoires de femmes tondues à la Libération, de lettres anonymes retrouvées à la mairie, dans une armoire secrète, blindée. Qui les avait écrites? Plusieurs hypothèses circulaient.

La Chenard & Walcker, en revanche, n'avait pas bougé, sous ses bottes de paille. C'était une berline « Aigle 18 », de dix chevaux. La remettre en route était une autre histoire, trouver une batterie une gageure par ces temps de pénurie. L'oncle Eugène, toujours débrouillard, en découvrit une, presque neuve : un modèle pour motocyclette, paraît-il, mais qui conviendrait. Il fallut quand même lancer le moteur à la manivelle. Père et Eugène s'y essayèrent tour à tour. Ils avaient ôté leur veston, remonté les manches de leur chemise bouffante, à la mousquetaire — sauf qu'ils portaient des bretelles.

Le moteur cafouilla longtemps avant de finir par tourner, et encore pas très rond. Quand il eut assez chauffé, nous sommes partis faire le tour du propriétaire. Eugène, devant à côté de Père, parlait mécanique avec lui ; Mère, Zoé et moi, nous nous serrions derrière. On avait laissé sur les coussins de la banquette les sacs de jute qui les avaient protégés. Des sacs aussi rugueux au toucher que du papier de verre, mais marqués à nos initiales cependant. Initiales ou pas, nous ressemblions à des péquenauds. La Chenard & Walcker avait changé d'état en dix ans; ce n'était plus une voiture de maître. Les freins grinçaient, chaque nid-de-poule du chemin ébranlait la carrosserie qui continuait à se balancer, longtemps après. Père donnait un coup d'avertisseur à chaque carrefour — un cri enroué qui n'écartait pas les chiens s'élançant à notre rencontre ou nous poursuivant de leurs aboiements.

Le retour fut rien moins que triomphal. Une crevaison nous arrêta, en vue de chez nous, heureusement.

— Le pneu avant droit, précisa Père, comme si cela avait de l'importance.

Nous avons fini la route à pied en le laissant, ainsi que l'oncle, se dépêtrer avec la roue de secours.

Plus tard, ils nous ont montré le pneu défectueux. Sis et moi, nous n'avons rien remarqué. Il paraît que c'était la gomme d'avant guerre qui se délitait à chaque tour de roue. Et aussi le mauvais parallélisme du train avant qui usait les pneus à l'intérieur, en même temps qu'à l'extérieur, au centre aussi. Les conversations roulaient là-dessus, à déjeuner, à dîner.

Marcel, mon frangin des champs, avait déjà des idées sur la question. Sa mère s'était collée avec le garagiste, un gros qui conduisait une 11 légère — la plus rapide du moment.

Marcel m'avait averti :

— Il vous laisse sur place, avec votre tacot.

À son âge, il ne respectait plus rien, ni Dieu ni maître. Il nous aimait bien tout de même, mais nous ne lui faisions plus illusion. Nous avions beau habiter le château, posséder la métairie où il logeait avec sa famille, on ne lui en imposait pas. Il a été le premier à tout comprendre, et d'abord que, sous nos grands airs, nous étions des miteux. Il était trop discret pour le dire tout à trac. De temps à autre, une remarque lui échappait, comme la 11 légère de son beau-père de l'époque. Mais il la corrigeait aussitôt :

— La Chenard & Walcker, c'est ce qui se faisait de mieux.

Je voulais l'épater quand même en lui racontant les films que j'avais vus à Bordeaux. Lui n'allait pas au cinéma, sauf au patronage. On n'y jouait pas de films américains ; comme programme, ce n'était pas comparable.

Même des années après, il ne m'a jamais avoué qu'il était amoureux de Sis, mais on pouvait le deviner. La passion totale, sans espoir, pathétique. Parce que c'était lui, je n'étais pas jaloux. J'essayais de le consoler, sans en avoir l'air. J'affectais de me plaindre du mauvais caractère de Sister, tout à fait invivable, en réalité. Je lui faisais remarquer qu'elle n'était pas si bien que ça. Est-ce qu'elle ne marchait pas les genoux en dedans ? Et peu soigneuse pardessus le marché, même franchement négligée.

Marcel me laissait parler en mâchonnant un brin d'herbe. Il ne disait rien, détournait le regard, fixait au loin la ligne des collines, arrachait une autre tige verte, au hasard, à ses pieds, continuait de se taire.

Je ne le dérangeais pas dans ses pensées. Nous finissions par rester silencieux, un moment. Pour nous distraire, nous allions voir dans leur enclos les brebis Suffolk et leur bélier, avec son énorme paire de couilles. Marcel l'attirait avec une brassée de foin et, quand il était à sa portée, lui envoyait un vache coup de pied dans la besace, histoire de le faire sauter, gambader un peu, lui rappeler sa situation réelle, l'état du monde, la condition précaire des créatures de Dieu.

Marcel ne leur donnait à toutes que rarement

l'occasion de se repentir, battre leur coulpe avant de passer à la casserole. Il s'était même équipé plus férocement encore : un crampon à quatre crocs pour pêcher les grenouilles, les harponner plus exactement d'un coup de gaule, un mouvement sec du poignet, juste à temps, qui ferrait le batracien visqueux. Les pointes des crochets étaient munies d'ardillons qui lui ôtaient d'emblée tout espoir de s'échapper, malgré des ruades, des contorsions risibles. Marcel dépouillait sa prise sur-le-champ. De la pointe de son couteau, il me montrait, transparaissant sous la peau blanche de la poitrine, la minuscule tache sombre du cœur dont on comptait les battements.

Mère, la première fois, avait refusé la pêche que Marcel lui avait présentée, comme une offrande, refusé avec des mots gentils, tout de même, pour ne pas blesser le petit-fils de notre métayer. Marcel avait répondu au compliment d'un sourire, avait salué aussi Sister qui tournait la tête, appliquée à ne pas le voir, avec son paletot rapiécé et sa musette sale où les grenouilles s'alignaient sur un lit de fougères fraîches.

Pour finir, et pendant qu'assise à même les carreaux écaillés de la cuisine Marie-Thérèse jouait à la poupée avec son petit frère, leur mère nous préparait pour le dîner la friture dans une poêle cabossée qui dansait sur le feu. Elle avait la main lourde pour le hachis d'ail et de persil ; la graisse était rance, un peu brûlée de surcroît. Nous nous régalions. Le vieux Mathieu ne participait pas à ce festin. Pour sa part, après avoir repris une forte assiette de soupe au pain, il buvait un verre de vin en nous regardant manger. Bernadette, l'autre frangine de Marcel, ne faisait pas tant de manières : elle essuyait le fond de la poêle avec le quignon de la miche, nous souriait aussi en formant des fossettes dans ses bonnes joues rondes. Puis elle reprenait une expression sérieuse sans cesser de me regarder. Je détournais les yeux.

VIII

Bien avant la fin de l'été, Père avait quitté Saint-Allios un soir, au volant de la Chenard & Walcker. Il voulait, par ces temps de canicule, conduire « à la fraîche ». De plus, la « carburation » serait « meilleure », parce que « plus efficace », nous avait-il confié en partant. Notre vieille bagnole chauffait pour un rien ; on craignait la panne à tout instant, le radiateur éventré, ses tuyaux en caoutchouc cédant tout à coup et laissant fuser leur vapeur au bord d'un chemin où ne passait personne, tandis que, la mort dans l'âme, nous attendrions en vain quelque secours.

Père n'avait pas ces craintes — en tout cas pas ce jour-là. Il rentrait à Bordeaux, « en estafette », encore un coup « en éclaireur ». Cette fois-ci, Mère n'avait pas formulé d'objections. D'ailleurs, à Bordeaux, l'oncle Eugène l'attendait impatiemment ; il comptait sur lui, sans faute. Un dernier coup de téléphone avait mis fin au dilemme, emporté la décision, ferme et définitive. Père nous l'avait annoncée, une fois pour toutes :

— Il me faut être à mon bureau dans demain.

Il aimait ces tournures XVIIe siècle. Sans doute aurait-il bien échangé son chapeau mou contre un feutre à plumet, ses richelieu contre une paire de bottes à revers.

L'affaire qu'il avait en cours, avec Eugène, était très réelle ; une affaire de première importance, capitale. Car on ne pouvait plus se contenter d'opérations à la petite semaine en achetant des demi-lots de marchandises pour le compte d'importateurs qui s'arrangeaient pour faire traîner leur règlement. En général, Père se voyait à la merci de tout le monde, coincé entre les courtiers d'affrètement, les transitaires...

— Je nourris des sangsues jamais rassasiées, disait-il dans un soupir.

Et puis il y avait la voracité des armateurs qui, sur les lignes régulières, imposaient leur loi. C'était ça ou rien ! À peine les marchandises à quai, d'autres rapaces se pressaient en bande, en foule, en troupeau : le transitaire aux doigts crochus, le stevedore responsable du transbordement, assis, tel un dogue, sur les ballots, les sacs, les palanquées, ne les laissant partir qu'après avoir montré les dents, et reçu en paiement un os à ronger. Il s'en présentait d'autres encore, grouillant dans l'obscurité des hangars, espèces anonymes, moins bien nourries, et d'autant plus avides. Des hirsutes, des contrefaits.

L'année 1946, sur le port de Bordeaux, c'était le moment délicat. On manquait de tout, de bateaux, de cargaisons et du matériel pour les décharger ; il n'y avait jamais assez d'élingues, de vis sans fin. En revanche, on ne manquait pas de bras : on embauchait des équipes de dockers sur le tas, des types qu'on trouvait devant les grilles, dans la rue, attendant par petits groupes, tous vêtus de salopettes et de maillots de corps tachés de cambouis. La poussière de charbon leur faisait des lunettes autour des yeux, un regard gênant. À l'époque, leur pourboire se négociait en paquets de Lucky Strike. On n'y échappait pas. L'oncle Eugène se les procurait par cartouches entières ; une filière souterraine qui débouchait en cascade jusque chez nous, un geiser de tabac blond « pur Virginie ». Même Sister en fumait dans sa chambre — en cachette, il est vrai. Elle prenait la pose devant la glace de sa coiffeuse, faisait des mines en soufflant la fumée vers le miroir. J'avais ma provision aussi. J'aimais surtout l'emballage blanc ivoire, le papier *semi soft,* verni, glacé, la cellophane craquante, et, à l'intérieur, l'étui de papier argent, comme pour des chocolats « surfin ».

Mais au bout du compte, nos marchandises extraites des cales, transbahutées, livrées et payées, le bénéfice était maigre. Pour s'y retrouver, il aurait fallu travailler en gros. Père l'avait compris. Assez d'intermédiaires plus ou moins honnêtes ou franchement escrocs ! Il allait faire l'opération lui-même. Il sautait le pas : désormais, c'est lui qui ferait travailler les armateurs, et non le contraire.

— Ils viendront nous manger dans la main, promettait-il à Eugène, qui l'approuvait.

Il réglait de vieux comptes qui traînaient depuis le temps de la marine à voile, sa propre croisière avortée vers les basses latitudes, les antipodes rugissants.

L'affaire en cours était audacieuse ; elle impliquait des arrangements particuliers, des conjonctions délicates. D'abord la source des approvisionnements : Père connaissait des producteurs d'arachides depuis avant la guerre. Ceux de la brousse africaine, loin à l'intérieur des terres, étaient tout comme lui pressurés par les grandes compagnies. Il avait ainsi pris contact avec un colonial qui passait par Bordeaux en se rendant à La Bourboule où il séjournait les trois semaines de sa cure annuelle. C'était un homme fatigué, au teint grisâtre, rongé par les soucis, le climat. Il n'était resté qu'un quart d'heure dans le bureau de Père. Oui, il était désireux de livrer une récolte entière, comme ça, en vrac, sans pourcentages de ceci ou de cela.

Ensuite, au début de l'été, Père s'était enquis d'un navire — pas un régulier, bien sûr ! Avec leurs taux léonins ! Il ne s'était pas non plus adressé à un courtier de la place. Il craignait de voir le premier vendre la mèche aux autres. Ne s'entendaient-ils pas comme larrons en foire ? Ensuite, inutile de repasser ! Non, père avait vu plus loin que le bout des quais de sa ville natale et il avait pris contact avec une maison londonienne. Des *ship brokers* de la *City :* Stuart, Mac Kenzie et machin truc. Eh bien, justement, ils avaient ce qu'il cherchait : un armateur grec, installé à Londres, « sur les docks », depuis le XIXe siècle. Une compagnie sérieuse, avec un nom anglais : *Transoceanic* quelque chose, une raison sociale imposante, *Limited.* Leur papier à en-tête révélait aussi le meilleur goût : le drapeau grec, le drapeau britannique, *Union Jack,* entrelacés. On reconnaissait toutes les traditions de la marine marchande, le prestige de l'Empire, le thé à cinq heures, *five o'clock tea,* avec les petits gâteaux, les *scones,* et puis aussi les autres, *hot cross buns,* pour un sou, deux sous...

Père se retrouvait dans son élément ; un monde familier. Avec l'aide d'Eugène, et dictionnaire en main, il rédigeait des lettres sur le modèle « commerce international », entièrement dans la langue de Shakespeare, modernisée cependant, où ne manquaient pas les *th* de la date, les *Dear Sir* au commencement, les *Sincerely yours* en conclusion.

L'armateur, en revanche, ne portait pas un nom britannique. Il s'appelait Evangelou, Dimitri Evangelou.

— Là, nous sommes dans la tradition classiciste, remarquait Père, en scandant à l'ancienne ce patronyme hellène.

La flotte de notre armateur traversait la Méditerranée, l'Atlantique aussi, et tous les golfes voisins, en tous sens, au gré des chargements, vagabonds des mers, *tramp steamers.* Mais il s'agissait de vrais bateaux, pas de ces *Liberty ships* assemblés à la hâte dans les chantiers d'outre-Atlantique, et dont les soudures de la coque lâchaient sans prévenir, disaient les vieux marins. Rien que des cargos des années vingt, entièrement rivetés, et baptisés à Southampton, Liverpool, partout ! Des bâtiments de bonne taille, ni trop grands ni trop petits et qui par leur seul aspect inspiraient confiance.

Il ne restait plus qu'à se mettre d'accord, débattre du prix, conclure un contrat d'affrètement. Les lettres qu'on recevait contenaient des termes si nouveaux, ou alors si peu usités, que Père et Eugène avaient dû demander conseil au vice-consul de Grande-Bretagne qu'ils connaissaient un peu. Ils avaient fini par comprendre, tout en déclarant que c'était « intraduisible », sauf pour la seule expression en français dans le texte : « Force majeure ».

— L'essentiel est de ne pas perdre le fil, de ne pas s'écarter du cap, rappelait Père.

L'essentiel était que, par bonheur encore, un des navires d'Evangelou chargeait en septembre à La Pallice et pouvait ensuite se présenter à Pointe-Noire au bon moment, prêt à prendre notre marchandise. L'armateur consentait un taux d'affrètement défiant toute la concurrence du monde, l'ancien et le nouveau. Un taux tellement avantageux à la réflexion que Père se décida pour une cargaison complète, engageant à lui seul tout le bateau, son équipage et son capitaine. C'était Père qui était maintenant le seul maître après Dieu, de la quille à la pomme des mâts, le tout loué à la journée. Il signa le document final, la charte-partie comme on dit dans le métier, le modèle standard, *Baltic exchange,* en plein enthousiasme, défis homériques, serments après boire :

— À moi, Evangelou !

— Parole d'Évangile, répliquait Eugène.

Sis et moi, nous suivions l'affaire avec une semblable détermination. Les noms exotiques surtout nous enchantaient. Nous avions anobli Evangelou ; nous en avions fait un lord. Il figurait désormais dans les comptines que nous chantions en montant et en descendant l'escalier, sautant de marche en marche, à cloche-pied. Bien des années après, en écoutant la ritournelle que le couple de chanteurs américains Simon & Garfunkel avait composée pour un film (*Le Lauréat,* en français) resté célèbre : *Mrs. Robinson, Hey, hey, hey !,* je me suis aperçu que plus de vingt ans avant eux, Sis et moi, nous en avions inventé le rythme, irrégulier, enfantin et répétitif : *Sir Evangelou, hou, hou, hou !* Cela ne nous a pas enrichis. Evangelou ? Je ne sais pas.

Son bateau, nous l'avons vu cette fin d'été-là amarré au môle d'escale de La Pallice. Un vrai bateau, comme dans les livres d'images, les *Partis de Liverpool,* les *Capitaines courageux.* La silhouette entièrement classique : un gaillard d'avant, un gaillard d'arrière, un château au milieu avec une passerelle vitrée occupant toute la largeur de la superstructure, et, par-dessus, une cheminée à peine moins haute que celle des vapeurs et frappée du blason de la compagnie : le Parthénon, de face, au sommet de l'Acropole.

L'oncle Eugène embarquait ; il partait comme subrecargue, c'est-à-dire le représentant de l'affréteur — Père —, pour surveiller la marchandise tout au long de son transport. On lui donnait la « cabine de l'armateur », celle des invités de marque — plus vaste même que celle du capitaine, et meublée en acajou —, la cabine du gratin, princière. Quel honneur pour nous ! Et pour Eugène, quelle belle croisière en perspective !

Nous n'avons pas attendu son départ, les appels de la sirène, le chant des matelots. Nous sommes repartis en vitesse : notre voiture gênait, au milieu des quais. Elle intriguait aussi car, pendant tout ce temps, Père avait dû laisser tourner le moteur. En effet, une fois arrêté, le remettre en route n'était pas simple. Il fallait, passant la tête sous le capot, « shunter » la bobine avec la pointe d'un tournevis, pendant que simultanément on lançait le moulin. Sans l'oncle Eugène, impossible de pratiquer l'opération, d'ailleurs imprévisible. Il valait mieux ne pas prendre ce risque et, une fois partis, ne plus s'arrêter. Pour réparer, nous attendions la pièce de rechange spéciale, toujours promise, jamais livrée par notre garagiste. Ces dernières semaines, il était devenu impossible à joindre. Inutile de se rendre à son atelier : l'apprenti ahuri qu'on y trouvait ne savait pas où son patron était parti. En dépannage ? Peut-être bien en dépannage. Sûrement quelque chose comme ça, assez loin, en tout cas. Lui ne comptait pas le revoir avant la fin de la journée, ni guère le lendemain non plus. Finissait-on par dénicher notre homme, un matin, à la première heure ? Cela n'avançait à rien. Le pressait-on de questions ? Ils se montrait évasif, ou à demi insolent. Notre mécanique d'avant guerre ? Il s'en moquait. Les temps avaient changé ; il n'avait plus besoin de nous. D'une manière générale, se faire servir était devenu impossible, quasiment.

En attendant, on est rentrés comme on a pu à Bordeaux. Malgré notre bobine à huile à deux doigts de nous lâcher, notre train avant défectueux qui transmettait son « shimmy » jusqu'au volant maintenu fermement par Père, nous nous donnions l'impression d'avoir fait une excursion à la mer, à Saint-Gilles-Croix-de-Vie, aux Sables-d'Olonne, à Royan aussi, partout. De puissantes limousines nous doublaient : nous ne comptions pas les étrangères — surtout les américaines, conduites par des personnels militaires qui, parce qu'ils avaient gagné la guerre, filaient sur la route comme en pays conquis.

Avec Sister, nous nous disputions l'accoudoir central de la banquette arrière. Mère se tournait vers nous en nous faisant, avec un sourire un peu las :

— Chut, chut, les enfants !

Pour passer le temps, on s'est récité les bouts-rimés de *Ma Mère l'Oye.* Nous connaissions presque tout le livre par cœur — une féerie, entièrement en anglais. L'odeur d'essence me donnait la nausée. Longtemps on a continué dans la nuit et on a fini par ne plus rien dire, en gardant les yeux fixés devant nous dans le noir, en attendant le bout de nos peines, comme dans une vraie famille.

IX

À quelque temps de là nous avons eu des nouvelles de l'oncle Eugène. Dès son arrivée au Congo, il nous a envoyé une carte-lettre par le courrier aérien, en « exprès », aux bons soins de l'aéropostale de nuit. Pour lui, tout allait bien : le pays était un nouvel Éden, son climat celui du Paradis. Les couchers de soleil surtout le ravissaient. Il avait réussi à les décrire dans l'étroite marge réservée à la correspondance : une soudaine explosion de couleurs sur l'océan. Et l'aube, tout aussi brève, au-dessus de la ligne sombre des monts de Mayoumbé !

Ce n'était pas ce que Père attendait. Au diable la cosmogonie ! Lui préférait l'autre bout de la lorgnette ; les affaires sont les affaires ! Il répondit par retour du courrier — une missive en trois longs paragraphes qui détaillait nos objectifs commerciaux, résumait les règlements maritimes, envisageait les options financières. L'oncle Eugène le rassura par un télégramme composé d'une seule phrase pourtant interrompue d'un « stop » en son milieu. Elle était fraîche comme un appel de clairon au lever des couleurs dans la lumière africaine.

En réalité, et tout en dénombrant les senteurs d'un continent entier dont, au-delà du port, on ne distinguait que la rumeur, Eugène énumérait les problèmes à résoudre. D'abord, la totalité de la cargaison d'arachides n'était pas à quai. Ensuite, le producteur, à deux jours de route, ne répondait qu'au rythme saccadé de l'aller-retour de l'autocar. Il avait cependant fini par dépêcher son homme de confiance : un métis borgne, proprement vêtu tout de même. Les raisons du retard ? Le précédent transbordement n'avait pas été réglé — des histoires de factures contestées, de paiement en nature refusé... Impossible d'employer la manière forte avec les indigènes. Le colonial, du fond de sa plantation, le regrettait, tout en se défendant d'être un esclavagiste. Du reste, les temps avaient changé. Eugène n'avait qu'à se débrouiller, négocier avec les uns, les autres, des familles entières qui voulaient leur bakchich, leur petit cadeau pour fermer les yeux, ou au contraire ouvrir l'œil, et le bon, comme disait le métis en montrant l'autre, son orbite vide.

Après bien des palabres, Eugène avait obtenu le chargement du cargo. Il fallait mettre les bouchées doubles car, avait prévenu Evangelou, le compteur journalier de l'*Atlantic Sunrise* tournait au tarif affiché, même si le navire n'avait pas bougé d'un pouce. Un télégramme envoyé de Londres avait enfin confirmé que notre *merchant ship* avait quitté Pointe-Noire avec sa cargaison — direction Bordeaux. Père en avait relu chaque mot avant d'en replier le papier bleu et de le glisser dans son gros portefeuille à soufflets — un cadeau de Mère. Il se tapotait le cœur, comme pour vérifier que tout était en place. On voyait qu'il était soulagé. Il nous expliqua en effet qu'une fois le manifeste visé et le connaissement expédié, il pouvait aussitôt vendre une partie des arachides encore à fond de cale, quelque part au large des côtes de l'Afrique.

— Nous renouons avec toutes les traditions maritimes, continua-t-il après dîner. Nous nous retrouvons dans la situation des anciens négociants, des armateurs un peu aventuriers, attendant le retour de leurs navires, chargés de toute leur fortune et de leurs espérances.

Père avait annoncé l'arrivée de sa marchandise aux huileries. Il rencontrait beaucoup de monde, au bureau, en ville. Il prenait des engagements pour les prochaines opérations. Nous serions bientôt renfloués. Mère parla de refaire le salon : les rideaux aux embrasses Louis XVI étaient défraîchis. On évoqua aussi le remplacement de la Chenard & Walcker. Il faudrait cependant patienter car les automobiles neuves recommençaient à peine à sortir des usines. Il fallait s'inscrire, des années à l'avance. On pouvait faire son choix, en attendant. Nos préférences allaient aux Citroën ; nous aussi, nous allions passer à la « 11 légère », peut-être à la « quinze ».

La famille de Père fut invitée pour un déjeuner, un dimanche — une occasion de ressortir notre Liberty Silver. On eut la tante Victoria, mais pas son neveu, l'archiprêtre, qui se reposait dans les Pyrénées, du côté de Luchon. Son sacerdoce l'épuisait. Même entre nous, nous ne prononcions pas le mot de « sanatorium ».

Avec Sister, nous avons eu notre gala, un après-midi où Mère était sortie et où il n'y avait personne à la maison. Je m'étais fait une tête de forban grâce à un bandeau sur l'œil et Sis s'était déguisée en négresse en se passant le visage et tout le haut du corps au bouchon brûlé. Elle s'était dessiné au rouge à lèvres une bouche énorme et sanglante, et elle avait recouvert aussi la pointe de ses petits seins du même rouge sombre. En guise de pagne elle avait tressé ensemble les serviettes hygiéniques de Mère, et elle se dandinait devant les vitrages de la véranda, agitant au bout de son fume-cigarette une Lucky Strike dont elle tirait, de temps à autre, une bouffée. Elle dansait mieux que Joséphine Baker, au même âge.

Nous étions descendus dans le jardin. Nous manquions d'air. Debout sur une chaise, un cerceau autour des reins, Sis venait, vingt ans avant la mode, d'inventer le *hula hoop*. Elle adaptait maintenant la danse du ventre. Le fils du voisin qui, de l'autre côté du mur, nous avait entendus nous appela ; il voulait nous rejoindre. C'était un petit morveux, de quelques années plus jeune que nous et que, de même que ses parents, nous ne fréquentions pas, sauf en temps de guerre, comme on l'a vu. Mais pour cette fois nous l'avons invité. Quand il a vu Sis, ça lui a donné un coup terrible. Il s'est mis tout nu aussitôt, sauf ses chaussettes. Il n'avait qu'une toute petite quéquette, mais alors très raide. Il voulait jouer à tout ce qu'on voulait, au docteur, Pasteur vaccinant le jeune berger Jupille contre la rage, et même aux supplices, de la roue, de la brouette...

Ensuite, il a fumé un paquet de cigarettes presque à lui tout seul. Nous lui avons fait boire le reste d'une bouteille de champagne. Il a même bouffé les douze boudoirs qui allaient avec. Ça l'a fait roter, tel un cochon. Il reniflait comme avec un groin, à quatre pattes. Il devenait inconvenant, tout à fait mal élevé. Nous avons dû le mettre à la porte, en jetant ses vêtements par-dessus le mur. Ses parents l'ont trouvé un peu plus tard chez eux, dans l'entrée, couché dans son vomi, le petit salopiot.

Heureusement pour nous, il ne pouvait pas décrire exactement ce qui lui était arrivé. L'affaire était curieuse, mais les voisins en parlèrent à peine à Mère. Elle nous a demandé si nous avions remarqué quelque chose. Nous avons pris l'air étonné. Si Mère avait des doutes, elle ne les exprima point. Elle n'avait pas non plus découvert la serviette de toilette de Sister, roulée en boule dans un coin du grenier, entièrement noircie et aussi striée de rouge.

Quand le petit dégueulasse d'à côté s'est remis à parler, on ne l'a pas cru. Il y avait du flou dans son histoire, des invraisemblances. Dans sa famille, il passait déjà pour menteur, mythomane en puissance. Toute une carrière s'ouvrait devant lui, à laquelle ses propres parents l'encourageaient en la contrariant par des châtiments corporels dont, le soir, nous percevions l'écho. Voilà à quoi tient une destinée. Peu après, on l'a changé d'école : il paraît que ses camarades exerçaient une mauvaise influence sur lui. Ou lui sur eux. Il faisait semblant de bégayer quand le maître l'interrogeait. Toute la classe l'imitait. Quel fou rire ! Pourtant, je l'ai appris par la suite, il est devenu un gentil garçon, très fin, subtil même, et aussi toujours prêt à rendre service. Si aujourd'hui nous nous rencontrions par hasard dans la rue ou dans tout autre endroit, nous ne nous reconnaîtrions pas. En pareil cas, il faut que les circonstances s'éclairent d'elles-mêmes, que nous fassions toute la lumière sur notre identité, abolissant le mystère de l'enfance, sans erreur possible. Et s'il me demandait des nouvelles de Sister, que lui dirais-je ?

On ne peut pas dire qu'un seul coup de théâtre ait changé le cours de notre histoire. Mais une série de télégrammes dont chacun ne contenait que des informations ordinaires, factuelles ou quantitatives, commencèrent à nous parvenir à toute heure de la journée, même à la maison. Certains arrivaient de Londres, d'autres de Chypre. Le dernier en date était signé de l'oncle Eugène et portait le cachet postal des îles du Cap-Vert. Notre *Atlantic Sunrise* avait dû y faire escale pour réparer une avarie de moteur. Rien de grave, précisait l'oncle, qui ajoutait pour mémoire que le temps était magnifique, de même que le pays et ses habitants. Ses habitantes, en réalité, car Eugène, séduit par les formes somptueuses des mulâtresses, allait de découverte en découverte, d'une ruelle du port à l'autre.

Les réparations se prolongèrent quelque peu ; les câbles de l'armateur en dressaient le constat quotidien. Eugène ajouta ses impressions, toujours lyriques malgré les limites imposées par le style télégraphique. Rentrerait-il même dans notre vieux monde où les anciennes façades grises s'assombrissaient avec les pluies d'automne brouillant les eaux boueuses de l'estuaire ? On le sentait saisi par les vertiges de l'exotisme, l'éclat des tropiques.

Mis bout à bout, les messages que nous recevions composaient un tableau aux couleurs assurément moins vives, sans être entièrement sombres. L'immobilisation du cargo ne nous exemptait pas de son coût journalier qui continuait à s'accumuler. Mais qui était responsable de l'avarie ? Sûrement pas l'affréteur ! se récriait Père. En revanche, on pouvait se demander s'il n'y avait pas eu négligence de la part de l'armateur qui n'avait pas fait entretenir à temps son rafiot. On en avait discuté en citant les termes du contrat, la fameuse charte-partie. Plusieurs alinéas évoquaient de possibles incidents ; aucun n'était suffisamment clair.

— Ces Grecs sont des malins, constatait Père, au fur et à mesure de sa traduction.

Ne restait que le cas de « force majeure » (Père prononçait l'expression à l'anglaise, en omettant les *r* et en ajoutant un vibrato à la fin), mais pouvait-on l'invoquer ? C'était la question.

Père avait à son tour télégraphié, puis, n'obtenant pas de réponse, téléphoné, même le soir, de chez nous. Toute une histoire ! Impossible de joindre le courtier ! Quand on l'eut enfin trouvé, je ne sais où, à son club sûrement, il se contenta de renvoyer Père à l'armateur.

Le téléphone carillonnait ; Père s'égosillait. Sister et moi nous l'imitions :

— Allô ! Allô ! Mister Evangelou ?

Nous chantions une nouvelle comptine :

Mister Evangelou, how do you do ?

Père avait cependant obtenu une suspension de la charte-partie, certes pour quarante-huit heures seulement ; il s'en félicita :

— On peut s'entendre avec Evangelou.

Les réparations terminées, notre bateau avait repris la mer — cap sur Bordeaux. Il remontait le long des côtes du Portugal, quoique à vitesse réduite. Père, en rentrant de son bureau, s'enfermait dans le petit salon, à portée de main du téléphone. Quand la sonnerie retentissait, il hésitait à décrocher, laissant cette vibration électrique, cuivrée et sèche, se prolonger encore. Dans la maison, nous interrompions alors nos pensées, suspendions nos gestes. Qui nous appelait ? Qu'allait-on nous apprendre ?

On annonça enfin l'arrivée du cargo, signalé au Verdon. Encore quelques heures et il serait à quai, au bord de la ville. Bientôt, on put le voir accoster. La manœuvre traîna un peu ; la machinerie renâclait. À la vérité, notre *Atlantic Sunrise,* maintenant amarré devant son hangar, montrait son âge, étalait sa crasse aux regards de tous. En haut de l'échelle de coupée, l'oncle Eugène, au contraire, resplendissait de jeunesse et de santé. Le voyage lui avait avivé le teint. Ses cheveux noirs où la brillantine ajoutait des reflets bleus contrastaient avec son front hâlé. Père, qui avait la même coiffure lisse, la même moustache taillée court, paraissait une réplique plus pâle, aux traits moins fermement dessinés, de son beau-frère dont le séparaient les différences aussi indéfinissables qu'évidentes qu'apportent, l'une après l'autre, dix années.

Pendant qu'ils conféraient avec le capitaine, Sister et moi nous avons parcouru le pont où traînaient des bâches souillées. L'ouverture des cales devait révéler bien pis. La marchandise, mal ventilée, avait ranci. Le manutentionnaire de Pointe-Noire avait bâclé son travail. Sans doute le bakchich avait-il été insuffisant. À bord, le second, dont c'était aussi la responsabilité, n'était pas un aigle, au dire d'Eugène. D'ailleurs, quel équipage ! À part le bosco et l'officier mécanicien aux origines vérifiables, le reste se composait d'un ramassis de ruffians qui paraissaient émerger de toutes les sentines de la Méditerranée.

Des experts appelés pour constater les dégâts donnèrent des avis ambigus. Père parla d'aller en arbitrage ; une clause du contrat précisait que la seule juridiction compétente était londonienne. Aller à

Londres ? C'était l'occasion rêvée. Père en menaça l'armateur, mais renonça devant la dépense.

Restait le déchargement. Certes, la cargaison était pour moitié vendue. Les acheteurs la prenaient telle quelle. Ils avaient d'ailleurs l'habitude de ce genre de mésaventure, n'en faisaient pas toute une histoire. Après la guerre, on était bien content d'avoir de l'huile ; on ne se montrait pas difficile. Mais pour le reste de la cargaison, il ne fallait pas compter sur eux ! Ou alors à des prix dérisoires — et encore, pour la vendre, Père devait d'abord payer l'armateur qui ne lâcherait rien avant le règlement complet de son affrètement.

Père voulait en rire, malgré tout :

— Il ne va bientôt plus nous rester que nos yeux pour pleurer !

Mais ce n'était pas une plaisanterie. Car, entre-temps, Evangelou révélait sa véritable nature de vautour, de canaille des plus basses époques. Nous n'avions pas oublié qu'il se prénommait Dimitri. Cela expliquait tout. Il se vérifia encore qu'il avait à Bordeaux des « correspondants » qui, eux, parlaient parfaitement le français et l'écrivaient on ne peut mieux pour réclamer leur dû.

Je ne vous donne pas tous les chiffres : un roman n'est pas un livre de comptes, le carnet intime de la cuisinière. Même les spécialistes du texte extra-long, des sagas cycliques, ne parviennent pas en plusieurs forts volumes à vous donner tous les détails. Prenez l'interminable Proust, par exemple : vous lisez à un endroit que son « Marcel » donne cinq francs à une jeune crémière pour la peine d'être montée chez lui, où il ne sait plus qu'en faire. Quelques pages plus loin, il nous dit que c'est deux francs qu'il lui a donnés. Vous en conclurez qu'il ne sait pas compter. Et pour la cuisine, ce n'est pas mieux. Où trouve-t-on la recette de la petite madeleine ? Et le thé qui va avec ? Ceylan ? Chine ? On demande à voir, à goûter, à comparer. On reste sur sa faim ; on voudrait des descriptions plus précises.

Pour Père, la précision des chiffres qu'il recevait dans son courrier était des plus cruelles :

— En temps normal, cela n'aurait pas été dramatique, concluait-il.

« En temps normal » : cette expression revenait souvent chez nous. Oui, mais justement, on sortait de la guerre, avec la caisse à sec. De plus, nous étions honnêtes — lourd handicap.

On râcla les fonds de tiroir ; cela ne suffirait pas. Laisser l'armateur se débrouiller avec le reliquat de la cargaison ? Voilà qui ne manquerait pas de sel ! Mais accepter la faillite, être montrés du doigt par toute la ville ? Jamais de la vie ! On hypothéqua la maison ; les bijoux de Mère disparurent, de même que le Steinway. On raconta qu'on le faisait réparer. C'est vrai qu'il jouait faux, surtout dans les aigus.

L'oncle Eugène, lui, n'était pas découragé. Les affaires, ça va, ça vient. On se referait à la première occasion ; il n'en doutait pas. Il voulait revenir à ses combines de naguère : les métaux rares, mais à grande échelle désormais. Il parlait d'acheter les épaves laissées par la guerre, de les débiter pour revendre le cuivre, le bronze, les laitons, même les aciers spéciaux, la tôle zinguée. Un croiseur en contient des quantités, y compris les modèles les plus légers, les types « de poche », popularisés par les Allemands et qu'on trouvait partout, certains faciles à renflouer, d'autres restés échoués sur des hauts-fonds qui n'appartenaient à personne.

Père l'écoutait, mais on voyait que les perspectives dont lui parlait son beau-frère ne l'égayaient pas véritablement. Il restait silencieux, se contentant de hocher la tête de temps à autre, tout en regardant par la fenêtre la nuit d'hiver tomber sur la ville. Dans l'œil de l'oncle, en revanche, la lumière des tropiques continuait à briller. Les plus grands poètes disent qu'il suffit d'un seul voyage vers les pays chauds pour en garder, sa vie durant, la nostalgie au parfum de vanille, de café, de bois de santal. L'émotion esthétique ne vous quitte plus ; l'oncle Eugène le vérifiait déjà.

Son voyage en Afrique, pourtant tellement assombri par les tracas, tellement *business business,* avait été une révélation, même spirituellement. On le sentait à sa voix qui s'assourdissait quand, devant Sister et moi, il évoquait l'immensité vertigineuse des nuits tropicales. Il avait aussi rapporté des photos, des cartes postales « panoramiques » ou « vues aériennes », et même des clichés « spéciaux » de Vénus indigènes. Je les regardais par politesse. Moi, elles ne m'auraient pas emballé. Au fond, je n'aime que les blondes, leur air propre. Des goûts et des couleurs...

X

Après Noël, les choses se sont franchement gâtées. Les comptes soldés, il ne nous restait, pour tout bien, qu'une montagne de cacahuètes dans un entrepôt. Comment repartir avec ça ? Impossible de s'en défaire ; impossible également d'emprunter là-dessus. Vous parlez d'une caution à faire rire les banquiers les plus impassibles !

Il est vrai que la situation, pour être sérieuse, comme on avait dit pendant les heures sombres de la guerre, n'était pas désespérée. Père aurait pu en mettant la clé sous la porte « rentrer dans le rang ». Il y avait dans les replis de notre famille place pour lui. Notre parentèle d'armateurs et de négociants, pour distante qu'elle fût, disposait ici ou là d'un poste de confiance aux contours mal définis : mandataire, fondé de pouvoir aux émoluments certes modestes mais à la situation honorable. Père pouvait s'y glisser sans qu'on le remarquât ; la vie continuerait. Mère y était très favorable, mais lui haussait les épaules, s'interrogeait pour la forme :

— Redevenir un employé, quels que soient les euphémismes avec lesquels on enrobe la pilule pour vous la faire avaler ? Et pour pareil privilège demander l'aman à genoux ? Aller à Canossa ? En chemise et la corde autour du cou comme les bourgeois de Calais ?

Mère faisait non de la tête. Non, ce n'était pas ce qu'elle voulait dire. Ces références, elle les connaissait tout autant que lui ; elles valaient ce qu'elles valaient. Mais il y avait la réalité des choses, les habitudes de notre milieu, la prochaine saison à Arcachon.

Père ne voulait pas entendre parler d'arrangement, de compromis. Il se jugeait trop vieux pour cela, il tenait trop à sa liberté. De plus, nous n'étions pas de ceux qui vivent à crédit. À la table du dîner, il se taisait ; on voyait qu'il réfléchissait. Mère paraissait absorbée par une autre méditation. Sister et moi, nous trouvions les repas interminables. Le reste du temps, Père continuait à se rendre à son bureau comme si de rien n'était. Pourtant, son courrier s'était réduit au journal et à quelques prospectus qui traînaient ensuite pendant des jours. Le téléphone même restait silencieux. Père trompait son inaction avec un problème de mots croisés. L'oncle Eugène n'avait pas ces ressources ; il passait la journée dehors.

Père finit par nous communiquer sa pensée. Une idée s'était imposée à lui par son évidente nécessité ; elle formait la synthèse exacte de notre situation. On se replierait une fois de plus, et comme à d'autres moments difficiles, sur Saint-Allios, où nous attendrions des jours meilleurs. Là-bas, nos arachides importunes se transformeraient en un trésor propice : on en nourrirait nos moutons Suffolk, dont on obtiendrait grâce à ce riche régime des rendements inouïs.

Père et Eugène s'entretinrent de cette nouvelle entreprise ; ils en pesèrent le pour et le contre, pendant des semaines. Qu'avaient-ils d'autre à faire au bureau ? Ils alignaient des chiffres sur des blocs-notes. Ils poursuivaient leur raisonnement à la maison : les arachides constituaient *x* mois de l'alimentation du troupeau. En faisant se reproduire toutes les brebis disponibles, on obtiendrait au bout de deux années un nombre *y* de têtes. C'était *Perrette et le pot au lait,* à la puissance *z*. On aurait de l'argent bel et bon, un capital en tout cas, qui, une fois amassé, nous permettrait de nous lancer dans de nouvelles aventures. L'avenir, ainsi organisé, devenait intelligible ; il s'éclairait. En somme nous ne quittions notre ville que tout provisoirement. À Saint-Allios, nous profiterions du grand air, des agréments de la vie à la campagne. Père se voyait en gentleman-farmer, son rêve, au fond.

Il conclut en se tournant vers Zoé et moi :

— Vous retrouverez bientôt de bonnes couleurs.

Quand elle apprit nos projets, le dimanche suivant, la tante Victoria parut moins enthousiaste :

— Comment ? À Saint-Allios ? Vraiment, Henry !

Mais elle ne posa pas de questions. Du reste, personne ne demanda d'explications, de détails incongrus. On se contenta de regarder Père un instant, comme ça, sérieusement. Ils n'avaient pas envie de rire, tous ces gens. Ils fronçaient le sourcil, toussotaient dans leur mouchoir.

Il restait ce dimanche-là une satisfaction à Père, au milieu de nos malheurs : notre cousin, l'archiprêtre de Saint-Ferdinand, n'en aurait rien su. Il était mort au début du mois de janvier, quelque part dans un couvent d'une vallée pyrénéenne, sans même être revenu à Bordeaux, au moins pour une visite de politesse. Dans la famille, on avait longtemps cru qu'être poitrinaire était pour lui au fond un avantage de plus. Son visage aux joues creusées, ses yeux que la fièvre faisait briller, et même la toux qu'il étouffait discrètement du revers de la main convenaient à ses ambitions de hiérarque. La tuberculose n'empêchait pas la bonne santé, la longévité bien connue des princes de l'Église. D'autres cardinaux avant lui, et parmi les plus grands, avaient résisté aux bacilles de Koch, matant d'une main ferme qui une province rebelle, qui une affreuse hérésie, malgré les suffocations, les étouffements, les caillots sanglants qu'on distinguait à peine sur la pourpre de leur habit.

Jusqu'à la fin, nous n'avions pas cru que la mort emporterait notre parent. Quel étonnement quand nous avions appris la nouvelle ! On ne peut pas dire qu'on ait eu le temps de le pleurer. Le plus navrant dans son cas est qu'il avait raté la guérison de peu. Quelques mois de plus, et les antibiotiques le sauvaient. Les médicaments révolutionnaires, au dosage optimum, parfaitement adaptés à son cas, sortaient à peine des laboratoires anglais. Hélas, ils ne devaient pas arriver à temps ; lui n'avait pu tenir jusqu'au carême, encore moins jusqu'à Pâques. Avec un peu de chance, comme tout aurait pu être différent ! Faites vous-même le calcul : où en serait aujourd'hui notre cousin, alors qu'on peut désormais être pape sans être né italien ? Je parle pour l'époque moderne, bien entendu. Parce qu'au XIVe siècle nous avions eu Clément V, c'est-à-dire Bertrand de Goth, archevêque de Bordeaux précisément, et dont tout le monde dans la famille connaissait la rue, derrière la gare Saint-Jean. Alors, tous les espoirs étaient permis à notre *papabile.* Quel crève-cœur ! Au fond, nous lui en voulions un peu.

Sister et moi, nous sommes allés regarder des

gravures — des volumes illustrés des *Fables* de La Fontaine — dans la bibliothèque de tante Victoria. C'était un dimanche où il ne se passait rien. Au bout d'un moment, nous nous sommes disputé un des volumes. La tante est accourue pour nous séparer.

— Pauvres enfants, s'est-elle exclamée.

Pourtant, c'est d'elle que nous aurions eu pitié, si le mot nous avait été familier.

Elle nous regardait, ses yeux bleus un peu plus pâles qu'à l'accoutumée. Vraiment, de quoi parlait-elle ? Quitter notre vie ne nous inquiétait aucunement. Nous partions pour les grandes vacances, bien plus tôt que prévu. Quel bonheur ! Il y avait des nuages à l'horizon ? Mais Bibi Fricotin finit toujours par l'emporter, par rétablir la situation : il ne va pas s'en faire pour cela. Peut-être est-ce que Sister ne partageait pas toutes mes certitudes. Elle devait se douter de quelque chose, comme une intuition qui l'empêchait de rire franchement à mes plaisanteries sur les culottes de la tante. D'ailleurs, où les avait-elle mises ? Impossible de les retrouver, ce jour-là.

Les choses se sont passées en deux temps. D'abord nos cacahuètes : on ne pouvait pas les mettre dans nos poches. Heureusement qu'à l'époque Saint-Allios possédait encore une gare sur un embranchement ferroviaire qui ne menait nulle part. On parlait de fermer la ligne ; il n'était que temps. C'est encore l'oncle Eugène qui a trouvé l'arrangement : un train spécial que nous ferions charger par nos soins et que les Chemins de fer feraient voyager à petite vitesse, entre les horaires réguliers, les deux omnibus quotidiens.

Père, Zoé et moi nous avons assisté à l'opération.

Eugène s'occupait des formalités, en ville, et Mère n'avait pas voulu nous accompagner. Elle passait beaucoup de temps à classer des lettres, à coller des photos dans des albums. Elle ne sortait que pour quelques visites à des amies, l'après-midi. Si elle n'avait guère manifesté son opposition aux projets de Père, sinon par une réserve qui ne les remettait pas en cause, si elle avait même paru l'approuver en fin de compte, elle semblait à tous moments préoccupée comme si elle cherchait à se rappeler un nom, l'endroit où tel objet se trouvait, un fait essentiel pour nous tous. Ce débat intérieur lui échauffait le visage et elle appliquait la paume de ses mains sur ses joues comme pour les rafraîchir, ou du doigt rejetait sur les tempes ses cheveux coiffés en diadème. Elle se plaignait des premiers beaux jours arrivés précocement, d'une soudaine lourdeur de l'air qui l'oppressait.

Il est vrai que c'est en plein soleil que nous avons assisté au chargement du train. Et quel train ! Des wagons-bennes à trois essieux, d'un modèle antique, sans doute destinés à la ferraille. Ils avaient passé la guerre à rouiller au fond d'une gare de triage. Les aviateurs anglais n'avaient pas bombardé l'endroit — un comble ! Une locomotive de manœuvre, à six roues, avait poussé le convoi le long des quais et le chargement avait commencé aussitôt, chaque wagon recevant de grues pivotantes aux mâchoires qui s'ouvraient d'un coup une lampée supplémentaire, déversement continu qui formait dans les bennes des monticules aux formes mouvantes. Le travail s'interrompit quand une nouvelle équipe vint relever les grutiers de la précédente. Ils restèrent longtemps à parler, là-haut, dans leur cabine vitrée.

— Ils se passent les consignes, pardi ! s'exclama le

palanquier qui avait observé l'expression d'impatience de Père.

— Bien sûr, bien sûr !

Pour une fois, Père n'ajouta rien.

L'homme jeta encore un coup d'œil à Zoé, dont la pleine lumière blondissait les cuisses, entre la jupe plissée « à l'écossaise » et les bas blancs, en fil. Les regards des hommes, même venant de ce type en cotte bleue, aux mains sales, à la barbe de deux jours, elle les leur retournait, brièvement — juste le temps de leur laisser comprendre qu'elle avait bien reconnu leur désir, que cela ne tirait pas à conséquence, le tout avec l'assurance de ses treize ans. Elle savait déjà tous les secrets, Sister, que son petit sexe aux poils ras était un oracle, la source du monde.

— Bien sûr, répéta encore Père qui voulait interrompre cet échange muet.

Le grutier descendit enfin de son perchoir. Il parut décomposer chacun de ses mouvements d'un barreau à l'autre, interminablement, jusqu'en bas.

— Enfin ! ironisa Père.

Mais l'homme était trop loin de lui pour l'entendre. La grue, pilotée par son remplaçant, se remit à tourner sur son axe, à allonger son bras coudé pour plonger les dents de sa pelle dans le tas d'arachides qui ne paraissait diminuer qu'à regret.

Je m'en étais approché. L'homme d'équipe qui aidait à la manœuvre me cria :

— Attention, là-bas !

Il s'était retourné à demi, menaçant. Il me faisait payer l'assurance glaciale de Sister, tout à l'heure.

Je m'éloignai en sautillant, revint vers Père.

— Tu ne peux pas t'empêcher de te faire remarquer, murmura-t-il entre ses dents.

Une de ses expressions favorites, répétée si souvent qu'elle en était dénuée de sens. Il parlait ; il ne disait rien. Je me tus. Je le méprisais.

Le chargement se poursuivit de la sorte pendant des heures. Enfin, tous les wagons étaient pleins ; le train n'avait plus qu'à partir. On attendrait la nuit pour cela, nous dit-on.

Maintenant, c'était à notre tour : à nous d'exécuter le deuxième temps de la manœuvre. Il ne demandait pas un effort aussi grand que le premier. Nous ne déménagions pas ; nous fermions tout au plus la maison, comme pour l'été, pour une saison que nous prolongerions de mois en mois. Nous avons cependant rempli quelques malles de ces mille choses dont nous aurions besoin à Saint-Allios — des torches électriques, des lainages, si utiles à la campagne, et même tout le linge d'hiver. Mère avait tenu à emballer elle-même notre argenterie, le service Liberty. Pourquoi le laisser derrière nous ? Elle avait mis comme pour une visite son étole en renard, tandis que Père avait endossé son complet de voyage dont le pantalon portait la marque d'un récent coup de fer. Il ferma d'un claquement sec le coffre de la Chenard & Walcker où, disait-il, il n'y avait plus place pour « une feuille de papier à cigarettes ». J'avais mis mes cartouches de Lucky Strike dans un sac de marin que m'avait donné l'oncle Eugène. Ce sac et un carton à chapeaux appartenant à Sister occupaient tout l'espace entre les sièges de notre voiture.

Dans la maison, après avoir fermé les volets, nous avons une dernière fois parcouru les pièces obscures où Mère alignait les fauteuils deux à deux, tapotait les tentures un peu fanées encadrant les fenêtres désormais noires, des fenêtres de théâtre maintenant, avec leurs grands rideaux, leurs embrasses aux cordons noués dont les franges retombaient symétriquement.

Nous nous sommes entassés dans la Chenard & Walcker. Du dehors, on ne voyait pas que nous partions pour longtemps : pas de matelas sur la galerie, comme pendant l'exode ! Mais le petit voisin avait deviné que ce n'était pas un départ ordinaire, une excursion du dimanche. Il s'est montré à ce moment-là, derrière la fenêtre du premier étage, où, sans doute, ses parents l'avaient enfermé. Du doigt, il m'a montré son cou en le tapotant. Oui, j'avais compris : la pomme d'Adam, et aussi le rythme : « Pomme de reinette et pomme d'api ! » Je connaissais. Je lui répondis par un geste conventionnel, du genre qui reste pour le jeune héros de *Du côté de chez Swann* un mystère quand, dans le petit raidillon de Combray que borde une haie d'aubépines fades et de lilas flétris, Gilberte l'esquisse devant lui. Sa signification n'échappa aucunement à ce petit malheureux. Il me sourit, et, levant le bras, me montra qu'il tenait à la main un martinet, le modèle féroce, clouté, le genre « chat à neuf queues », à l'anglaise : *cat-o'-nine tails*. Ma parole, il devait s'en donner lui-même ! C'était un ardent.

Juste au moment de démarrer, Sister lui a lancé, à travers la vitre de la voiture, un dernier regard, son regard d'adieu, celui où elle se place presque de profil en souriant à peine avant de reprendre un air sérieux, dur et indifférent, un regard si tendu qu'il faisait le silence autour d'elle et d'abord dans la tête de ceux qui l'avaient provoqué. Le temps que notre petit ami l'absorbe, le déglutisse — pomme d'Adam toi-même ! — nous étions loin.

De rue en rue, nous avions gagné les allées de

Tourny que nous parcourûmes d'un trait avant d'obliquer dans le cours du Chapeau-Rouge, de tourner sur le quai Richelieu d'où on passe sur le pont de pierre et, enfin, l'avenue François-Mauriac, sombre, rectiligne et vide. Les faubourgs défilèrent longtemps ; enfin ce furent les premiers pins de la forêt immense.

Le voyage à Saint-Allios n'était pas très long, mais à cette époque tous les voyages étaient longs. Et puis, la Chenard & Walcker n'était pas sûre. Père, les deux mains serrées sur le grand volant noir, la conduisait calmement, économisant sa mécanique fatiguée. Nous sommes allés ainsi, d'horizon en horizon, laissant les pins pour les vignes.

Père en observait les rangs chargés de feuilles d'un vert intense et cru. Il répéta ce qu'on disait partout :

— 1946 a été une très mauvaise année, mais 1947 se présente beaucoup mieux.

Il parlait pour lui ; il se donnait des raisons d'espérer.

Mère nous montrait au loin dans le paysage mouvant les clochers qui apparaissaient tantôt à droite tantôt à gauche de la route, et qui portaient les noms de tous les saints du Paradis. Laissant Saint-Hélier dont l'église dépassait à peine les toits d'un village, en contrebas, nous avons pris la direction des coteaux. Père rétrograda pour s'engager dans les montées qui nous rapprochaient de chez nous. Le chant du moteur s'enfla, montant d'une octave et imposant le silence dans la voiture. Bien plus tard, j'ai lu comment les personnages des *Raisins de la colère,* quittant leurs terres brûlées par le soleil et desséchées par le vent, et ayant laissé derrière eux leurs champs stériles et leurs maisons vides, s'en allaient sur la route 66 vers la

Californie, priant pour que leur vieille voiture tînt jusque-là, épiant le moindre cliquetis, le grincement annonciateur de la panne. Excès de la littérature ? Nous aussi, nous avons eu cette inquiétude, sans doute brièvement. Car, déjà nous redescendions dans une autre vallée, découvrant des lieux familiers : une haie d'épines, un chemin éventré d'ornières, la ligne sinueuse des vergnes au bord du ruisseau. Bientôt ce fut le mur qui marque la limite extrême de la propriété et notre châtaignier tutélaire nous accueillit de toutes ses fleurs, comme un bouquet géant qui atteignait le ciel. Tout autour, les prés aussi étaient fleuris, de même que les parterres de notre maison pourtant envahis d'herbes folles qui avaient poussé au milieu des allées de gravier et jusqu'au pied du perron, et entre les pierres de ses marches, dans la moindre lézarde, partout où il y avait le plus mince rai d'espoir.

XI

Tout de suite, on s'est mis « en tenue de campagne », comme Père avait plaisanté. Lui et moi, nous avions coiffé les chapeaux de paille façon « jardinier », à larges bords, genre panama, et enfilé les pantalons de velours à côtes. Eugène aussi avait les mêmes, mais lui, pour le couvre-chef, avait préféré le modèle « semi-colonial », rigide et bien aéré. Mère et Sister s'en tenaient aux vêtements de ville, avec quelques variations, notamment pour les chaussures, car le soulier fin, l'escarpin verni ne durent pas longtemps en pleine cambrousse où les cailloux des chemins en ont raison au bout de vingt pas.

L'ouvrage ne manquait pas, à commencer par l'essentiel — nos arachides qui furent transportées camion par camion de la gare jusqu'à la métairie, où on les entreposa dans un silo construit tout exprès, en parpaings massifs. Et quel silo ! Une tour ronde, énorme, médiévale. Notre château n'était flanqué d'aucun donjon, d'aucune tourelle ; il ne s'ornait pas même à l'angle d'un mur d'une échauguette à l'espagnole. Mais la métairie, ainsi transformée, avait acquis une silhouette seigneuriale, même si, à l'examen, ses proportions paraissaient étranges avec cette tour qui dominait les toits disparates des granges et de leurs appentis.

J'étais toujours fourré dans les parages, et toujours en compagnie de mon « frère de lait », allant, venant, une gaule et sa ligne à la main ou un lance-pierres plus meurtrier encore, et dont l'élastique était si dur que je parvenais à peine à le tendre. Marcel, qui avait depuis l'an passé grandi et forci, l'étirait à fond avant de relâcher la bille d'acier qui partait en ronflant.

Le feuillage du grand marronnier, l'auvent d'une toiture nous protégeaient des averses. Si elles duraient, nous restions dans la métairie. Marcel avait maintenant sa propre chambre, en haut, sous les solives du grenier. On y accédait par une échelle calée contre un mur, comme dans les granges. Le seul escalier à la ronde était celui du château. Chez Marcel, arrivé au dernier barreau, on se hissait dans une pièce à demi obscure, qui ne prenait le jour que par une chatière abritée par deux tuiles dressées l'une contre l'autre. Par terre, sur un plancher aux lattes inégales, des ballots de feuilles de tabac séchées occupaient tout un coin, remplissant l'air confiné d'un relent âcre qui vous suffoquait d'abord. La chambre ne contenait qu'un lit en fer et une armoire en chêne dont l'unique tiroir béait. Il recelait des trésors : une collection entière du *Pèlerin,* des fascicules de la défense passive et, justement, des roulements à billes démontés pour fournir en munitions la fronde.

Nous lisions les revues, les brochures de l'état-major, surtout le mode d'emploi des masques à gaz, en cas d'attaque aérienne. Il y avait des croquis en coupe, certains en couleurs, des dessins d'ensemble aussi : que faire en cas d'alerte aux gaz, les erreurs à ne pas commettre — par exemple céder à la panique. Marcel gardait son calme ; la guerre, c'est comme s'il l'avait faite. Saboter une voie ferrée, piéger une route, et même réduire un nid de mitrailleuses, c'était dans ses cordes. Dans les temps morts, nous fumions une cigarette que nous roulions entre deux doigts. Pour le tabac, on l'avait à portée de la main : il suffisait d'arracher une feuille aux ballots, de l'écraser jusqu'à la réduire en miettes, avant d'en retirer les nervures que nous jetions à terre. Nous aspirions quelques bouffées en silence ; elles nous brûlaient la gorge.

Au début, Marcel demandait de temps à autre, et comme incidemment :

— Alors, vous allez rester ici tout le temps ?

Notre nouvelle situation l'intriguait. Il aurait voulu en connaître les circonstances, les raisons profondes.

Je ne lui en disais pas plus qu'il fallait :

— Toute l'année, au moins.

Il répétait :

— Tout le temps, tout le temps ?

Ce n'était pas son affaire. Il le savait, n'insistait pas. Il pensait à Zoé, bien sûr. Il apercevait clairement les avantages de la nouvelle situation : il verrait Sister plus souvent, tous les jours de l'année, c'est-à-dire. En serait-il plus heureux ? Il devait avoir des doutes là-dessus. Lui non plus ne développait pas sa pensée. En tout cas, il ne nous plaisantait plus sur notre vieille guimbarde. Sa mère n'était plus avec son garagiste : adieu les folles courses en bolide ! D'ailleurs, les Citroën n'étaient pas sans défauts, comme l'avait rappelé Père, récemment.

Des coups frappés au-dessous signalaient, le soir tombé, l'heure de la soupe. Quand nous redescendions dans la cuisine qui sentait la graisse rance et le lard, où la lumière de l'unique ampoule de la suspension n'éclairait pas les poutres noircies par la fumée depuis trois générations de « Jacquou le croquant », nous y trouvions déjà alignés sur leur banc les enfants silencieux, et, à l'autre bout de la table, le vieux Mathieu assis devant sa bouteille de vin rouge fraîchement tiré.

Lui aussi nous témoignait son étonnement en ne répondant, même aux compliments de Mère, que par « oui », « non », et surtout « peut-être ». Nous prétendions vivre à Saint-Allios ? En voilà une idée ! Mais lui, dans l'affaire, qu'allait-il gagner ? Rien, au contraire. On ne cessait de lui donner des ordres ; on bouleversait toutes ses habitudes, les traditions du pays. Ce silo géant ne ressemblait à rien de connu. Cela était vrai, du reste. En avait-on parlé à la buvette du marché en prenant la tournée de l'acheteur, ou celle du vendeur ? Impossible à savoir, même en tendant l'oreille : trop de sous-entendus, de demi-mots, intraduisibles ceux-là, à la différence des finesses orientales du père Evangelou.

Le raisonnement de Mathieu ne pouvait être reconstitué qu'en gros, dans ses silences, les haussements d'épaules qui lui échappaient. Des arachides ? Pour des moutons ? On aurait tout vu. Et quels moutons ? Ces Suffolk à tête noire ?

De plus, les Suffolk ont la tête dure. Les nôtres cognaient, tamponnaient tout ce qu'ils rencontraient. Ils enfonçaient les croûtes de pin avec lesquelles on avait hâtivement construit des bergeries longues et étroites, des « bergeries modèles ». Pour colmater les brèches qu'ils ouvraient sans cesse dans les parois, on avait dû les renforcer avec des planches plus épaisses. Ils les fendirent à leur tour et il fallait sans répit les remplacer ou les consolider à l'aide des traverses de chemin de fer que nous allions ramasser le long des voies abandonnées, quand on a commencé à démonter les rails de la ligne de Saint-Allios. Leur bois durci résistait aux charges du troupeau, mais les coups sourds et répétés ébranlaient les fondations des bergeries, résonnant d'un bâtiment à l'autre, jusqu'au fond des granges.

Comme régime, les cacahuètes convenaient en revanche tout à fait à nos Suffolk. Ils se jetaient sur les baquets avant même que nous n'eussions le temps de les remplir. Ils se bousculaient férocement, nous auraient renversés si nous n'y avions pris garde. Marcel y mettait bon ordre ; je l'imitais en balançant un coup de botte, à droite, à gauche, pour me frayer un passage. Nous faisions sonner les grains dans la tôle des auges. C'était la frénésie. Ils avalaient si vite qu'ils s'étouffaient, ruaient, trépignaient. On leur ouvrait la gueule de force pour les faire cracher. Marcel les bourrait encore un coup pour leur apprendre à ne pas recommencer. Nous refermions la porte sur nous en vitesse pour échapper à une dernière charge. À l'intérieur, les coups reprenaient, les poursuites, les gambades. On attendait un agnelage massif pour l'année suivante.

Pour notre jument, Fanny, c'était déjà fait : elle avait pouliné au printemps — un poulain à la robe grise, aux attaches fines. Je le baptisai Prince. C'était un demi-trait, car pour la saillie on avait préféré un trotteur qui avait disputé des courses dans la région. On voulait obtenir la combinaison idéale, le modèle à la fois puissant et rapide, le cheval lourd-léger, la quadrature du cercle, la qualité française. Et c'est vrai qu'il faisait bonne impression, notre Prince, solide et même d'aspect un peu ramassé, mais vif de port et d'allure.

Je le dis à Père qui en convint, tout en souriant de mon enthousiasme :

— Mais oui, c'est un bon petit cheval.

Pour Père, la traction hippomobile, c'était le passé.

On a tout de suite fait des visites, la famille d'abord. On voulait annoncer à tout le monde qu'on était là, qu'on resterait plus longtemps qu'à l'accoutumée. Nous faisions la tournée avec la Chenard & Walcker, sans nous éloigner plus que de raison. Nous sommes allés chez un médecin du bourg, un soir après dîner, en voisins. Il nous a fait admirer sa bibliothèque — une belle collection de romantiques, nous annonça-t-il, et aussi d'autres éditions du XIXe siècle, dont *Le Tour du monde en quatre-vingts jours* de Jules Verne, en grand format illustré que je guignai tout le temps que nous sommes restés, bien qu'il l'eût replacé sur la plus haute étagère et de surcroît refermé la porte vitrée du meuble d'un double tour de clé.

Après avoir écumé les environs, nous nous sommes hasardés dans l'intérieur, les terres reculées, les bois lointains. Père s'était souvenu d'un parent, au bout d'une généalogie improbable. L'homme avait répondu à sa lettre par un billet qui paraissait écrit sur un morceau de papier buvard. Il nous affirmait que lui et sa femme étaient tellement touchés que nous eussions pensé à eux, qu'ils seraient si honorés de nous revoir après toutes ces années, qu'ils s'en faisaient un plaisir exquis. Accepterions-nous une invitation à déjeuner, pour le dimanche suivant ?

Oui, nous l'avons acceptée sans plus attendre. Père nous promit une belle promenade. Elle prit un peu plus de temps que prévu, en dépit de la carte d'état-major que l'oncle Eugène consultait à chaque embranchement de routes, chemins qui s'achevaient inopinément au bord d'un ruisseau, raccourcis qui, portés sur la carte, avaient disparu sous un champ labouré.

Nous avons fini par trouver la bonne maison, sur les hauteurs, au bout d'un sentier sablonneux qui s'achevait en cul-de-sac. Ce n'était pas un palais. Certes, le perron ressemblait au nôtre, et même l'entablement de pierre au-dessus de la porte d'entrée, mais les murs menaçaient ruine et l'intérieur sentait le moisi et la soupe, comme une masure de paysan. Notre parent nous sourit sans ouvrir les lèvres ; il avait les joues creuses des édentés. Sa femme nous dit bonjour à deux reprises, sans doute parce qu'elle était à moitié sourde.

Ils avaient mis la poule au pot en notre honneur, cependant. Ou plutôt, ils allaient la mettre car, comme Sister et moi l'avons découvert en visitant la cuisine, le volatile était encore bien vivant dans le panier d'osier où, les pattes attachées par une ficelle en raphia, il goûtait un sursis qui ne serait sûrement pas renouvelé. Nous avons continué par le tour du propriétaire : le jardin potager, le jardin d'agrément avec sa tonnelle, un parterre de rocaille.

L'eau, surtout, manquait sur ce coteau assoiffé. On y attendait depuis l'avant-guerre les canalisations qui feraient reverdir le paysage et, à l'intérieur des maisons, permettraient de se laver les mains plus d'une fois par jour. Nos hôtes nous assurèrent qu'ils avaient vu le schéma d'adduction à la mairie. C'était pour bientôt — avant Noël, en tout cas. Pour l'instant, ils ne remontaient, à grand fracas de chaînes, du fond du puits, qu'un seau tous les deux jours, sans même pouvoir le remplir tout à fait. Ils précisèrent que l'été ils devaient se contenter de moins encore, ajoutant aussitôt qu'ils en avaient l'habitude.

Vers le milieu de l'après-midi on a enfin servi la poule. Sister et moi n'avions plus ni assez de forces pour nous chamailler ni assez d'appétit pour mastiquer les blancs filandreux et les légumes longuement bouillis. Une bonne bouteille accompagnait ce festin, si vieille qu'il fallut en filtrer le vin, à l'aide de feuilles de papier conservées tout exprès. Il y en avait une provision dans un secrétaire, puisque, nous venions de le comprendre, elles servaient aussi à la correspondance — quoique moins fréquemment sans doute.

Un dernier verre ; nous en avions fini. Quelques formules de politesse lancées par Père depuis le perron étaient destinées à couvrir notre retraite.

Une fois la route atteinte, Père éclata de rire :

— En voilà des personnages !

La journée était fichue ; nous sommes rentrés sans nous presser, en suivant la vallée. Mère, à un carrefour, s'est rappelée que le jardinier qui autrefois — et il fallait pour cela remonter au déluge — travaillait chez nous habitait dans le voisinage. Et en effet elle reconnut un peu plus loin, en contrebas de la route et comme enfoncée au milieu des roseaux de la rivière proche, la maison, toute petite, pas plus d'une pièce flanquée de son appentis. Un chemin sur lequel empiétait une mare nous conduisit devant la porte, surmontée d'une treille aux feuilles rares.

La porte n'était pas fermée ; nous sommes entrés sans façon. Oui, c'était bien l'ancien jardinier, ainsi que sa femme, déclara Mère qui les salua pour nous.

Ils ne s'étaient pas levés de leurs chaises basses, de part et d'autre de la cheminée où fumait un seul tison. On les distinguait à peine dans l'obscurité de la cuisine ; ils se confondaient avec la suie des murs, du plafond. Ils ont répondu d'un mot, à peine un soupir, aux paroles encourageantes de Mère, à ses souhaits renouvelés. Ils baissaient de nouveau la tête, fixant l'unique braise dans la cendre du foyer. Ils cessèrent entièrement de bouger ; ils ne voulaient plus nous entendre, on les effrayait. Nous sommes sortis en remerciant, en lançant en chœur des « Au revoir », des vœux pour tout, comme au premier janvier.

Mais nous n'avons pas été quittes à si bon compte : la Chenard & Walcker, après quelques ronflements du moteur et quelques soubresauts pitoyables de toute sa caisse, ne put nous tirer des ornières boueuses de la cour, où, entre-temps, elle s'était enfoncée. Il fallut descendre, « pour l'alléger », ordonna Père, « pour pousser », suggéra l'oncle Eugène. Nous pataugions en nous retenant à la voiture qui glissait de côté à chaque coup d'accélérateur de Père, sans pourtant avancer d'un pouce.

L'oncle résuma la situation :

— Si nous continuons, nous allons nous enfoncer jusqu'à l'essieu.

On tint conseil. Mère et Zoé s'étaient éloignées de quelques pas pour mettre, d'ailleurs trop tard, leurs bottines à l'abri. Père et Eugène ont retiré leur veste ; je les ai imités. Nous n'allions pas demander de l'aide aux maîtres des lieux qui, à l'intérieur de leur cahute, n'avaient pas interrompu leur méditation silencieuse. En fouillant dans leur appentis, nous avons trouvé quelques planches à demi pourries que nous avons placées devant les roues et aussi un peu derrière, pour en faire une sorte de piste conduisant à la route. La méthode était marquée au coin du bon sens mais son application fut délicate car les roues en patinant déplaçaient les planches ou les brisaient, tout en lançant vers nous des giclées de gadoue. De proche en proche, nous avons réussi à gagner la terre ferme sur laquelle notre vieille voiture parvint à se hisser dans un dernier sursaut qui fit crier ses ressorts, sa carrosserie, la boîte de vitesses, et paraît-il aussi le pont.

— Nous y sommes, se félicita Père, en retrouvant la départementale.

Sa jovialité a dû nous paraître forcée ; nous sommes restés silencieux. Nous sentions la vase, l'herbe mouillée.

Père voulait quand même tirer les leçons de la journée. En rentrant chez nous, il lança :

— Au moins ici il fait assez clair pour distinguer le mur du fond.

Évidemment, nos boiseries étaient dans les tons pâles ; les décors Louis XVI ne privilégient pas les couleurs sombres. Mais pour les cheminées, nous n'avions pas à nous vanter. Quand on voulait y allumer une flambée pour, prétendument, chasser de nos grandes pièces l'humidité qui persistait, nous ne parvenions guère aux résultats escomptés. Car les cheminées tiraient mal, ou alors tout de travers si le vent tournait, ou s'il était trop violent, s'il soufflait en rafales, ou bien au contraire s'il tombait tout à fait, si le temps passait à la pluie, aux averses qui rabattaient la fumée dans le conduit, dispersaient les cendres du foyer... Une cheminée, c'est un ensemble mathématique dont chaque élément doit être calculé au plus près : un poil de trop ici ou là et rien ne va plus. Leurs proportions sont plus délicates que le nombre d'or qui régit le rapport entre la hauteur et la largeur des fenêtres d'une façade classique. Nous n'étions pas les seuls à le remarquer, à nous plaindre : il n'y avait pas une cheminée à la ronde qui en respectait les règles, qui adhérait aux canons. Les bonnes cheminées, c'est comme les Vénus callipyges, on ne les rencontre pas tous les jours. En attendant, on étouffait dans les volutes, les nuages ; mille fumeurs de gauloises s'étaient donné rendez-vous dans le salon, l'escalier d'honneur, celui de la cave aussi, le moindre recoin.

Heureusement, l'été est venu, les fortes chaleurs, presque sans transition. Nous les reconnaissions des années passées. Elles nous parurent bientôt plus insupportables encore. Dès les premières lueurs du jour et sans même regarder par l'entrebâillement de nos fenêtres que nous avions en vain laissées ouvertes pendant la nuit, nous savions que la chaleur serait tout aussi implacable que la veille. C'était à peine si dans la matinée nous pouvions sortir dans la fournaise qui grandissait. L'après-midi se passait à attendre le soir, dans la demi-obscurité que procuraient ceux des volets qui fermaient encore. Nous avions adopté les habitudes de ces rapaces nocturnes qui ne quittent leur abri qu'après le coucher du soleil.

Mère avait pour sa part renoncé à s'aventurer hors des murs de notre maison, où elle tentait malgré tout de redonner aux pièces « de réception » l'ordonnance symétrique de leurs fauteuils, qu'encadraient un guéridon et un secrétaire dépareillés. Pour renouveler la décoration, on attendrait d'avoir vendu les agneaux. On penserait alors aussi à la toiture, à deux ou trois autres choses encore qui menaçaient ruine, et que j'ai oubliées. Zoé ne sortait guère non plus ; elle avait abandonné les promenades en solitaire et remisé sa bicyclette Alcyon. L'oncle Eugène nous avait quittés. Il affirmait qu'il faisait en réalité moins chaud en ville, et qu'il préférait pour mille autres raisons passer l'été à Bordeaux. De là, il tenait Père informé des « événements ».

Malgré la canicule, je retrouvai Marcel à la métairie. Nous partions vadrouiller dans les bois où un peu de fraîcheur subsistait dans l'ombre, le long de notre ruisseau qui, à ce moment de l'été, ne coulait plus. Les taches de soleil que le feuillage des saules laissait passer faisaient déjà fumer les flaques que le sable n'avait pas encore bues et qui étaient tout ce qui restait de son lit desséché. Dans les plus profondes, nous cherchions les brochets et les carpes qui, à demi enfouis dans la vase, tentaient de survivre jusqu'aux prochaines pluies.

Quand l'air devenait aussi irrespirable que celui d'un incendie, nous rentrions nous mettre à l'abri dans le grenier, et, assis à même le plancher de la chambre de Marcel, dans l'odeur exacerbée des ballots de tabac, nous attendions sans parler que la soirée mît fin, au moins provisoirement, aux flammes qui passaient entre les tuiles du toit.

Un jour, sans doute intriguée par le silence, Bernadette est venue nous épier. Peut-être n'était-ce pas la première fois. Je l'ai surprise à mi-hauteur de l'échelle. Pour la peine, je lui ai relevé sa robe. Pour une Lucky Strike elle m'a montré son minou. Le plus étonnant était qu'il se révéla en tous points semblable à celui de Sister. Car pour le reste Bernadette ne lui ressemblait en rien ; c'était même tout le contraire.

XII

Dans les premiers jours de septembre, l'air est redevenu respirable. À peine levés, Sis et moi, pieds nus sur la pierre froide du perron, nous goûtions la fraîcheur du matin. Puis nous marchions dans les herbes mouillées de rosée. La lumière avait cessé de découper toutes les ombres comme d'un trait à l'encre de Chine ; elle enveloppait au contraire les champs, les vallons d'une brume légère qui donnait au paysage l'aspect des chromos du calendrier des Postes : « Matinée d'automne » ou « Avant les vendanges ».

Celles-ci eurent lieu à quelque temps de là, dans les appels inarticulés et contradictoires des vendangeurs, d'un rang à l'autre, la poussière que soulevaient les charrettes chargées de cuveaux, l'odeur pourrissante du raisin écrasé. 1947 allait être en effet une année exceptionnelle. Quelle importance pour nous ? Nous ne vendrions guère mieux notre « bordeaux supérieur », et le père Mathieu boirait ses fonds de barrique avec la même régularité, ou la même indifférence.

Des années plus tard, j'ai repensé à ce paradoxe à l'occasion d'une randonnée en montagne. Nos guides nous firent remarquer que l'eau dans laquelle nous lavions nos assiettes et nos couverts de fer-blanc était la même que celle, mise en bouteille et étiquetée, qu'on trouvait dans toutes les épiceries. Les habitants de la ville voisine, dans la vallée, la buvaient au robinet, en arrosaient leur jardin, le plus naturellement du monde. Nous, nous avions du bordeaux 1947 en bonbonnes anonymes.

Cette arrière-saison nous enchantait ; les semaines se succédaient sans heurts. Nous parcourions notre royaume en tous sens — Zoé de nouveau à bicyclette, moi à travers bois avec Marcel et son grand-père qui tirait les palombes à leur passage depuis les affûts, au-dessus des clairières. Nous battions les taillis à la recherche des cèpes ; nous finissions par nous contenter de champignons des prés que nous préparions en omelette. Le crépuscule venait vite, mais après les jours de plomb de l'été il nous paraissait doux ; on se sentait revivre.

Ce bonheur eut une fin. Au début du mois d'octobre, Zoé partit en pension à quelque distance, dans une institution où on mettait les jeunes filles « sur les genoux de l'Église », selon la tradition. Pour moi, l'école communale du bourg suffirait provisoirement. J'y accompagnais du moins Marcel qui y était connu.

Nous y allions à pied, sac au dos — une belle trotte. La classe me laissait des loisirs. On apprenait par cœur les départements, les cours d'eau — rive droite, rive gauche —, on s'exerçait en fermant les yeux au calcul mental, on y récitait debout et à l'unisson les verbes irréguliers, à tous les temps. Les expériences de leçons de choses occupaient tout un après-midi par semaine. On y consommait vinaigre, craie, limaille de fer, jaune d'œuf, mie de pain, bougies...

L'instituteur, un gros encore jeune, boudiné dans sa blouse grise, rêvait aussi tout son content, surtout l'après-midi, où il fermait les yeux pendant les récitations, la page d'écriture. À la récréation, nous nous bousculions un moment sous le préau, mais seulement pour respecter les usages. On allait pisser dans les stalles alignées contre un mur ; quelques concours de crachats qui laissaient des ronds dans la poussière du sol : un moment est vite passé. Moi aussi, j'ai lu *Le Grand Meaulnes,* la poésie impalpable des écoles de campagne. Mon sentiment ? De la fiction pure.

L'hebdomadaire *Miroir Sprint* dont j'avais toujours un numéro dans mon sac me conférait du prestige. Les photos épataient mes camarades. Ils ne connaissaient pas les finesses de l'athlétisme, les lancers, le triple saut, les courses de haies. Je leur ai montré le reportage sur Marcel Hansenne, le champion français de demi-fond, nouveau dieu du stade qui venait de battre son propre record de France du 1 500 m en trois minutes et quarante-huit secondes. Mais c'est le vélo qui les passionnait surtout. Ils connaissaient tous les cracks, français, étrangers, citaient leur palmarès sur le bout du doigt. Ils énuméraient les cols du Tour de France, avec leur altitude, situaient les côtes décisives dans les courses classiques, le théâtre des exploits célèbres.

Dans la rubrique « On en parle », *Miroir Sprint* s'interrogeait : « Le Tour de France sera-t-il couru un jour par des femmes ? » Car elles tentaient déjà de battre le record de l'heure féminin sur la piste de Buffalo. On a voulu montrer le cliché aux filles, de l'autre côté du mur, leur demander ce qu'elles en pensaient. C'était le moment de retourner en classe.

Sister, à vélo aussi, était toute élégance. Mais, depuis qu'elle était partie, son Alcyon demeurait, inutile et solitaire, au fond de la remise. Sa chambre, près de la mienne, gardait encore un peu de son odeur. Son armoire était vide, tout comme sa table de nuit. Je m'étendais sur son lit ; j'enfouissais mon visage dans son oreiller.

L'oncle Eugène aussi me manquait, ses plaisanteries, sa bonne humeur. Quand il était là, nous avions l'habitude de lire ensemble les pages sportives. Il y ajoutait ses propres commentaires, remontait dans les annales, trouvait des précédents, proposait des analogies. Justement, j'aurais voulu entendre son opinion sur la dernière réunion de boxe — le championnat de France des légers où Jean Mougin, contre toute attente, venait de l'emporter aux points sur André Famechon.

L'oncle Eugène se trouvait à Nice, en mission spéciale. Il représentait Père à l'enterrement de son ancien associé. Les brises parfumées de la Côte d'Azur avaient formé un contraste trop abrupt pour lui. Il n'avait pas eu le temps de s'y habituer ; le beau temps avait été fatal au malheureux. Mais quelle surprise quand, la cérémonie terminée, le frère cadet de Mère n'était pas rentré ! Nous avons appris le pot aux roses un peu plus tard : l'oncle n'avait pas quitté Nice ; il s'occupait des intérêts de la veuve de notre ancien associé. Car celui-ci avait investi au soleil sa moitié de l'affaire dans des terrains à bâtir sur les hauteurs de la ville, des parts dans un hôtel qui faisait la saison d'été, et même un fonds de commerce : une blanchisserie.

Mère s'était demandé si, même en dehors de la question climat chaud, Eugène n'aurait pas besoin de son linge, s'il ne valait pas mieux le lui faire parvenir.

Père avait ironisé :

— Il n'aura qu'à se servir directement dans sa boutique !

Mère voulait écrire, téléphoner peut-être : il est plus facile de s'expliquer de vive voix.

Père ne voulait pas en savoir plus ; sa religion était faite, son jugement tomba, définitif :

— Votre frère est un maquereau.

Dans un sens, c'était peut-être vrai. La brouille était irréparable. L'oncle Eugène a disparu de notre vie ; il s'est évanoui dans les lointains. Il m'a quand même envoyé une carte postale, la baie des Anges en panoramique. Dans l'enveloppe, plié en quatre, il avait glissé aussi un gros billet. Je le dissimulai dans une fente du plancher, sous mon lit. Mais je n'ai pas répondu à l'oncle, même pour le remercier. Je savais, et lui aussi sûrement, que c'était inutile. Il ne pouvait plus revenir en arrière, il tenait trop aux palmiers, aux lauriers-roses, bougainvillées, feuillages exotiques — un trait commun aux Casté, une tendance atavique. Nous aussi peut-être, nous étions menacés. Dans les semaines qui ont suivi, nous avons surtout craint pour Mère.

Noël approchait ; il s'est mis à faire froid. À la campagne, les saisons, on les sent passer. On attrape des engelures tout l'hiver, le rhume des foins le reste du temps. Et gare aux bronchites, au « poumon du fermier » ! La moitié de l'année, on attend que les jours rallongent, qu'on y voie un peu plus clair le matin, et puis le soir. Pour finir on crève de chaleur, on subit l'août torride, et même l'étuve tropicale, sans vahinés ni lagons enchanteurs.

Pour l'heure, nous grelottions dans notre château des courants d'air, surtout dans les chambres du haut, si glaciales que nous ne tentions même pas d'allumer du feu dans les petites cheminées d'angle. Les lits étaient surchargés d'édredons entassés les uns sur les autres et qui perdaient leurs plumes. C'était mieux que rien !

Un peu avant les fêtes, pour ramener Sister à la maison, nous avons sorti la Chenard & Walcker qui, dans sa grange, dormait elle aussi sous des sacs vides, censés empêcher le radiateur de geler. C'est nous qui nous sommes gelé les pieds à l'intérieur, tout le temps du trajet. Sister nous attendait dans un parloir qui sentait l'encaustique. Elle était moche dans son uniforme bleu marine. Ses gants de coton blanc étaient tachées.

Mère pinça les lèvres pour remarquer :

— Tu n'es pas soigneuse, ma fille.

Je souris à Sister : le bonheur de la revoir. Père, se méprenant, me crut ironique.

— Ce n'est pas la peine de triompher pour si peu, me lança-t-il, regarde ta chemise : on dirait que tu t'es roulé sur un tas de charbon.

Quelques sacs de charbon, sinon un tas, nous auraient, justement rendu service. Des boulets, de l'anthracite russe, même du coke, au lieu des bûches qui ne parvenaient pas à réchauffer notre salon. Avec Sis, nous les avons longuement observées, après dîner, se consumant peu à peu jusqu'à ne plus être qu'un lit de braises sur lequel voletaient de courtes flammes bleues. Si nous avions mis nos chaussures près du foyer, ce n'était que pour les sécher ; nous n'attendions plus le Père Noël.

Sister, même quand nous fûmes seuls, ne me répondit que par monosyllabes. Elle avait pris une drôle de voix de tête qui paraissait à peine franchir ses lèvres. J'attendais en vain qu'elle reprît ses intonations familières, pour rire, reprendre au vol des plaisanteries connues de nous seuls. Mais elle se taisait, ne voulait rien me dire de plus sur sa vie au pensionnat, ses amies. Je demandais au moins leur nom, une description sommaire, des précisions sur leur intimité. Elle se contentait de lever les yeux au ciel : vraiment, je ne savais pas ce que je disais. Je lui ai alors offert une cigarette qu'elle a refusée de la tête.

Quand je sentis qu'elle ne m'embrasserait pas, comme avant, je lui dis que c'était le moment de monter nous coucher car le feu allait bientôt s'éteindre. J'espérais qu'elle me proposerait de rester encore un peu en m'attirant vers elle. Mais elle s'est levée et s'est dirigée vers l'escalier, le front légèrement incliné, comme si elle récitait ses prières, l'oraison du soir.

Je la suivis, mes chaussures à la main, mais elle avait déjà refermé sur elle la porte de sa chambre. J'attendis devant ses battants veinés de fentes anciennes, à travers lesquelles ne me parvenaient ni la lumière d'une lampe ni le souffle de la dormeuse, jusqu'à ce que le froid commençât de paralyser mes pieds nus.

Le lendemain elle descendit l'escalier si légèrement qu'elle surprit ma surveillance. Où avait-elle appris à glisser silencieusement d'une pièce à l'autre, refermant les portes sans même qu'on entendît le pêne glisser dans la gâche ? Toute la semaine suivante, elle continua de tromper ma vigilance, disparaissant à mon approche ou alors, quand l'ayant devancée je coupais sa retraite, refusant mon regard en tenant le sien baissé — exactement des manières de dévergondée.

L'autre semaine des vacances fila pareillement.

Nous reconduisîmes Sister à son pensionnat. Au moment de nous séparer, elle m'embrassa si vite que je ne sentis qu'à peine ses lèvres sur ma joue. Elle avait déjà tourné le coin d'un couloir qui la dérobait à notre vue ; on nous raccompagnait. Je n'arrivais pas à me convaincre que je ne la reverrais pas, au plus tôt, avant Pâques.

La saison venue, l'agneau pascal ne nous fit pas défaut. Mais il n'était pas du genre immaculé et caressant. L'agnelage fut une boucherie ; je n'ajoute pas « sanglante » pour éviter le cliché. Mais, dans les bergeries, nous pataugions réellement dans le sang et les viscères. Les brebis que leur suralimentation avait rendues obèses ne survécurent pas, éventrées par leurs énormes petits, eux-mêmes étouffés ou étranglés avant d'avoir vu le jour. Chaque matin, nous emportions des cadavres gluants. J'aidais le père Mathieu à les enfouir dans une tranchée creusée au béchard. Une fois revenus à l'intérieur, son petit-fils et lui égorgeaient les brebis épuisées dont les entrailles pendaient, pour, en les découpant aussitôt, sauver les deux gigots. On en a rôti des quantités, pendant des jours. On a donné les derniers ; ils nous soulevaient le cœur.

Adieu veau, vache, cochon, couvée. Inutile d'épiloguer. Père ne parlait plus d'élevage intensif mais d'agriculture de subsistance. Au fond — et en parlant il récapitulait en comptant sur ses doigts —, nous avions tout sous la main, nous vivions à bon compte, n'achetant que le café, le thé, le chocolat et deux ou trois autres denrées coloniales peu susceptibles d'être acclimatées dans la région. En revanche, nous ne rentrerions pas prochainement à Bordeaux comme nous l'avions escompté — sans toutefois y croire véritablement. Père s'y rendit un mercredi, revint dans la soirée, juste le temps d'une dernière signature chez le notaire. Nous avions un urgent besoin de papier-monnaie, nos fournisseurs n'acceptant pas le troc.

On a continué à nettoyer les bergeries. Marcel sifflotait devant le désastre ; on aura compris qu'il détestait les moutons. Son grand-père ne s'abaissa pas à triompher. D'ailleurs, le silo demeurait, gâtant la ligne des toits de sa tour ronde, encore à demi pleine. Mais on ne m'invitait plus à la métairie. La mère de Marcel ne me proposait plus de partager la soupe et le frichti du soir. Je ne rencontrais plus guère Bernadette, sa sœur, son petit frère. Je n'étais plus *persona grata.*

Fanny aussi était devenue une bouche inutile, « un cheval à l'écurie », plaisanta Père, « et même deux », car il comptait Prince. Nous avons dû nous séparer de notre jument, plus très jeune il est vrai. Un homme est venu la chercher avec un camion à claire-voie. Un homme « à la mine patibulaire », comme on dit dans les *Bibi Fricotin.* Marcel m'a dit son métier : équarrisseur. Il en faut.

Prince, par contre, se développait à vue d'œil. Avec le vieux Mathieu, plantés au milieu de la cour, nous le faisions tourner au bout d'une longe. Pour donner du cœur à notre étalon, je ne ménageais pas les coups de chambrière : à la campagne on ne donne pas dans la sensiblerie. Il fallait dresser Prince au plus vite ; nous comptions désormais sur notre petit cheval. Car la Chenard & Walcker n'avait pas résisté à son dernier voyage ; elle nous avait lâchés peu après — le joint de culasse, toutes les bielles, le vilebrequin. Maintenant, nous en étions réduits à nous-mêmes, à faire la route à pinces, tout au plus le tour du village à vélo, sauf pour Père, bien entendu. Dans son cas, c'était la carriole ou rien.

XIII

Nos vélos eux-mêmes étaient susceptibles d'améliorations techniques dont Marcel et moi nous préoccupions. Nous avions bricolé de vieux clous, repeint leur cadre à la peinture « aluminium » des cuisinières, retiré leurs garde-boue utilitaires pour en faire des engins spéciaux, « type course ».

Ce qui nous épatait, c'était les tentatives contre le record de vitesse à bicyclette. Le record appartenait à Georges Paillard qui, en 1937, avait parcouru un kilomètre à la vitesse moyenne de 137 km 300 à l'heure. Plusieurs spécialistes de courses derrière moto se préparaient à faire mieux : Louis Chaillot, à Grenoble, et, plus près de nous, le *stayer* bordelais Gabriel Claverie qui avait déjà obtenu, sur les routes de la région, la vitesse de 102 km à l'heure.

Marcel et moi rêvions de les imiter dans la mesure de nos moyens. Nous aussi nous aurions voulu monter ces énormes développements sur nos bécanes pour nous lancer comme des flèches dans la plus abrupte descente du pays. En moins de trois minutes nous arrivions à l'école ! Au retour, certes, il faudrait remonter à pied, nos sacs accrochés au guidon. Tout de même, quel gain de temps !

À la maison, il y avait des préoccupations plus

immédiates, plus pressantes. Les toits du château, jamais réparés, laissaient désormais passer toutes les pluies. À chaque averse, l'eau gouttait dans les seaux, les baquets disposés çà et là, décollait par plaques le plâtre des plafonds. Portant les édredons dans nos bras, nous avions trouvé refuge dans les pièces du bas, ce qui était au fond plus commode.

Père se déclara satisfait de cet arrangement provisoire :

— De toute façon, il vaut mieux réparer toute la toiture à la fois.

Mère remarqua qu'il n'était plus possible de recevoir dans ces nouvelles circonstances. Peu importe ! Le médecin bibliophile nous avait bien rendu notre visite mais il n'avait ensuite plus donné signe de vie. Quant aux cousins dans leur cambrousse sans eau, n'en parlons pas !

Il n'y avait pas que les intempéries ; faire bouillir la marmite se révélait aussi plus délicat. Les paniers d'œufs, les sacs de pommes de terre et jusqu'aux bottes de radis ne nous parvenaient plus de la métairie. Rien dans le saloir, rien dans le pressoir, comme on dit. Nous tirions le diable par la queue ; nous buvions de la chicorée comme pendant la guerre.

Nous avions notre propre jardin, mis en culture pour l'occasion, avec un coin pour les tomates et un autre pour les melons. La végétation foisonnante de ces derniers eut raison des premières. Abondamment arrosés, les tentacules de cette pieuvre verte ne cessèrent bientôt de ramper que pour escalader les piquets des plants de tomates qu'ils recouvrirent de leurs feuilles poilues. Leurs vrilles s'enfoncèrent dans le bois des pieux qui finit par éclater sous le poids des serpents végétaux qui s'enroulaient en spires serrées jusqu'à leur sommet. Quand la marée feuillue atteignit la clôture, il fallut y mettre un terme et couper à la serpe, à la hache, ces buissons reptiliens. D'ailleurs, les melons qui, eux, étaient restés de petite taille, quoique d'une circonférence parfaite, mûrissaient mal et nous parurent, malgré les circonstances, peu comestibles.

Avec Marcel, nous les avons tirés à la carabine, alignés comme à la foire en rang d'oignons sur un muret d'où les plombs les faisaient tomber, perdant leurs graines, la pulpe giclant en gerbes pâles et nauséabondes.

Marcel devait, de son côté, préparer sa propre tambouille car sa mère était partie. Avec ses autres enfants elle habitait à présent dans le bourg, avec un camionneur qui parcourait toute la région, quelquefois jusqu'aux Pyrénées.

Mère, en faisant son marché, l'avait rencontrée peu après :

— Cette pauvre femme n'a pas cru bon de me saluer. Sans doute estime-t-elle de son devoir de nous mépriser.

Mère faisait ses courses avec un cabas en toile cirée qui n'était en rien différent de ceux des autres ménagères.

Marcel ne se plaignait pas de sa nouvelle situation ; il n'était pas du genre pleurnichard. Pour manger, quand les œufs et le lard faisaient défaut, il prenait tout ce qui lui tombait sous la main. La nature était pour lui comme une épicerie à ciel ouvert. Il suffisait de se servir sur les rayons : lapins de garenne pris au collet, petits oiseaux dénichés, brochets capturés à la nasse. Il ne manquait de rien.

Les vendanges étaient arrivées par là-dessus : une occasion de se réjouir, de chanter à la veillée, de danser la sarabande autour des barriques — au figuré, bien sûr. 1948 avait encore été une bonne année. La chance ne peut pas toujours être contre vous — même si, une fois de plus, elle ne nous servait à rien. Pour sa part, le vieux Mathieu recevrait sa provision annuelle.

Père détaillait la situation de notre métayer :

— Il est logé, il a l'électricité, le bois pour son chauffage, et pour tout cela il ne travaille pas trop dur. Au fond, c'est lui qui a la bonne vie.

J'ajoutai :

— Il a même l'eau au fond du puits.

Père, soudain silencieux, m'observa : qu'avais-je voulu dire par là ?

Il s'adressa à Mère, soupirant :

— Voilà ce qui se passe quand on laisse les enfants vivre dans la compagnie des domestiques.

Ce problème ne se posait pas pour Zoé qui, lorsqu'elle n'était pas en pension, passait l'essentiel de ses vacances dans une académie de musique d'excellente tenue. L'élégance et les bonnes manières n'étaient pas, il est vrai, mon souci permanent. Je portais les mêmes bottes et le même paletot que Marcel. J'avais grandi, pris des forces ; de loin, on ne nous distinguait pas. Et comme lui, je me levais à l'aube pour apporter leur pitance aux moutons. Certes, on ne leur donnait pas autant de cacahuètes que par le passé — demi-ration seulement.

Nous n'avons pas eu à continuer l'opération très longtemps. Un matin où je me dirigeais vers la seule bergerie qui nous restait, je fus étonné du silence qui y régnait. Pas de coups de tête dans les murs, de ruades, rien. Le spectacle à l'intérieur était tout différent aussi. Les brebis gisaient çà et là, la gorge tranchée. Deux des plus vieilles étaient debout, au fond, immobiles. Dans la nuit, des chiens errants qui s'étaient glissés entre les planches disjointes que nous avions négligé de réparer avaient égorgé les bêtes avant de se retirer, rassassiés de sang.

La journée se passa à enterrer les carcasses, et la nuit, pour Marcel, son grand-père et moi, à attendre le retour des chiens. Nous avons abattu d'une double charge de chevrotines le premier, un corniaud à poil ras, au moment où il passait sous la clôture. Nous avons cloué son cadavre à la porte de la bergerie pour avertir les autres.

L'épisode des chiens prouvait à quel point la situation devenait inquiétante. Père voulait y mettre bon ordre. De plus, la bergerie vide, l'exploitation n'avait plus besoin d'autant de bras. On parla de m'envoyer en pension à mon tour. Père connaissait un établissement dans la meilleure tradition, plus loin à l'intérieur, au pied des « moyennes montagnes du Massif central » : Saint-Symphorien. Certaines de ses relations d'affaires de l'avant-guerre y avaient envoyé leurs enfants, avec profit semblait-il. Il m'en souligna les avantages : j'y étudierais mes humanités, les belles-lettres, l'histoire ancienne, tout en y apprenant le bon ton, de saines règles de vie en compagnie de camarades appartenant à notre milieu. Quant au climat ? Vivifiant, roboratif, idéal !

Je résolus sur l'heure d'y échapper. Je complotai ma fuite avec Marcel. Une cahute qui avait autrefois servi d'abri pour la chasse, au bord d'un de nos étangs les plus reculés, nous servirait de refuge. Nos carabines, nos lignes et leurs hameçons nous procureraient de quoi manger. Personne ne viendrait nous chercher dans ce repaire entouré de toutes parts de taillis impénétrables. Nous y vivrions comme Robinson Crusoë et Vendredi, suffètes d'un pays entier.

Nous avons mis à profit le reste de l'été pour rétablir en son état ancien la cabane. Tandis qu'au loin la forêt de pins brûlait, obscurcissant l'horizon de la fumée et des cendres d'incendies innombrables qui paraissaient, malgré la distance, menacer de s'étendre jusqu'à nous, nous bouchions avec de la terre et des joncs tous les interstices de notre futur logis. Puis à chaque voyage clandestin nous y apportions les couvertures, les lampes-tempête dont nous aurions besoin.

Père n'avait pas répété ses menaces de pensionnat. L'actualité qu'il lisait dans le journal l'occupait pleinement. Le général de Gaulle tenait des réunions politiques dans la région ; après avoir visité Arcachon il avait prononcé un important discours à Bordeaux. Père nous en lut les passages principaux, la péroraison exclamative : « Vive la République ! Vive la France ! » Les grèves qui se multiplaient dans les mines du Nord ne laissaient pas d'inquiéter Père, mais les conflits syndicaux à l'autre bout du pays, tout autant que la rébellion viêt-minh en Indochine le confortaient dans son choix. À Saint-Allios, où les incendies qui avaient dévasté la forêt landaise n'étaient pas parvenus, nous n'avions rien à craindre.

La rentrée des classes approchait. Une fois de plus, la saison avait changé, apportant des pluies fines venues de l'océan par-dessus les têtes calcinées des pins. Marcel et moi, nous construisions à grand renfort de pointes de charpentier une table en rondins qui occuperait le centre de notre fort, maintenant défendu par une palissade. La nuit est venue avant que nous ayons fini. Il pleuvait sur les vergnes, les saules et les acacias — crépitement partout répété des gouttes sur les feuillages durcis par l'été. Puis le vent se leva, agita les branches. Nous sommes revenus par un sentier connu de nous seuls. À notre surprise nous avons trouvé, en arrivant à la métairie, Marie-Thérèse et son demi-frère. Je rentrai aussitôt au château.

Du salon, Père m'interpella rudement :

— D'où viens-tu ?

— J'étais avec Marcel.

— Cela, je le savais, mais où ?

Je n'allais pas le lui révéler. Je fis un geste vague pour montrer, derrière moi, tout le paysage dans l'obscurité.

La table de la salle à manger était desservie à l'exception de mon assiette et d'un plat vide de tout rôti mais contenant le nécessaire à découper, le Mappin & Webb, cadeau de la tante Victoria, dont les lames étaient frappées de la devise : *trustworthy*.

Je m'en approchai, mais Père m'appela :

— Va dans ta chambre, nous parlerons demain.

Mère, dans sa chauffeuse, avait interrompu sa lecture — un livre d'art. Elle paraissait avoir pleuré. Avait-elle deviné mes intentions, soupçonnait-elle mon départ ? Je me décidai pour le lendemain, à la première heure. Dans ma chambre, je garnis mon sac marin de quelques-uns de mes trésors, un coutelas, des allumettes, une cartouche entière de Lucky Strike — la moitié de ma provision. Je glissai le gros billet de l'oncle Eugène dans la doublure de mon paletot et je me couchai tout habillé.

Le jour n'était pas encore levé que Père m'appela. Il était déjà rasé, vêtu d'un complet « de ville ». Il savait ! Qui le lui avait dit ? Le demi-frangin de Marcel, bien sûr, le faux frère qui avait rapporté.

Père annonça :

— Tu pars tout de suite pour Saint-Symphorien.

Et devant mon étonnement :

— Nous avons la chance de pouvoir t'y faire conduire aujourd'hui, de profiter d'une voiture qui s'y rend.

Il ne parut pas remarquer mes vêtements froissés, l'accablement qui me saisit.

Un homme, qui me tournait le dos, se tenait dans l'entrée. Il portait un imperméable sombre. Je remarquai qu'au-dessous dépassaient des pantalons de golf et de gros souliers à tige. Il se retourna : l'imperméable était une soutane. L'homme me regarda sans se présenter ni expliquer sa présence chez nous. Lui aussi avait cette expression patibulaire que le dessinateur des *Bibi Fricotin* rendait par des yeux enfoncés, petits et rapprochés.

Mère me désigna dans l'entrée la malle en osier :

— Nous t'y avons mis ton petit linge. On te fournira le reste à ton arrivée.

Elle détourna la tête, se tut.

Une 11 limousine, avec ses six vitres, attendait devant le perron. L'homme à la soutane écourta les adieux. Je n'eus que le temps de saisir mon sac marin. Père aida à glisser la malle dans le coffre. Je me dirigeai vers la portière de gauche. Le conducteur m'en empêcha :

— Monte derrière.

Il prit mon sac.

— Qu'est-ce que c'est ?

— Un sac.

Il suspendit son geste, eut une demi-grimace. Je lus sa pensée : j'étais un impertinent, une forte tête. Il m'attendait au tournant. Puis il jeta avec force le sac sur le siège avant, à côté de lui, et avant de s'asseoir à son tour vérifia que ma portière était bloquée.

La banquette arrière de cette traction était séparée des sièges avant par un large espace où pouvaient se déployer deux strapontins. J'observai leur tissu usé jusqu'à la corde. Quand je relevai la tête, nous avions déjà franchi le portail et nous laissions sur notre gauche le chemin qui mène à la métairie où, tandis qu'un coq chantait à pleine voix, appelant le soleil, Marcel, dissimulé derrière une haie d'épines, observait, j'en étais sûr, mon départ précipité. Je levai les yeux ; le conducteur avait surpris mon regard dans le rétroviseur.

Nous n'avons pas roulé longtemps. De l'autre côté du bourg, nous nous arrêtâmes devant une maison en retrait et que décorait un magnolia. Le conducteur reparut aussitôt sur le seuil, poussant devant lui un jeune enfant. Il le fit monter près de moi. On voyait qu'il avait pleuré ; il sanglotait encore un peu, un mouchoir blanc marqué d'initiales rouges crispé dans sa main. Tout le temps que le conducteur manœuvra la traction pour repartir sur l'étroite route, il garda le front appuyé à la vitre, cherchant à graver en lui l'image qui s'éloignait. Puis il baissa la tête et gémit à petits coups. J'étais gêné pour lui.

Un peu plus loin, un garçon de mon âge nous rejoignit. Lui attendait seul, au bord de la route, un sac de voyage à la main. Il nous sourit en montant, nous salua en rotant à deux reprises, puis encore une fois, un ton plus haut, comme s'il montait la gamme.

— Joseph, ça suffit ! lança le conducteur qui ne paraissait pas s'en soucier véritablement.

Les deux garçons se connaissaient. Je vis que le dernier monté avait pour le plus jeune le même mépris que moi. Nous l'avons laissé se lamenter dans son coin. Le nouveau venu possédait un jeu de cartes ; du strapontin où il me faisait face il me proposa une partie de bonneteau. Il n'avait pas encore tout à fait la main : je devinai la bonne carte une fois sur deux.

Au bout d'un moment nous en avons eu assez. Pour se distraire, mon nouvel ami imita, à bouche fermée, claquant la langue, soufflant du nez, les divers instruments d'une batterie-fanfare régimentaire. Le conducteur le rappela à l'ordre, mais sans plus d'ardeur que précédemment.

L'autre cessa son aubade et, les doigts étirant ses lèvres et ses joues dans tous les sens, me donna un aperçu de son répertoire de grimaces. Je me renfonçai dans la banquette, fermant les yeux comme si je dormais. La chaleur à l'intérieur de la voiture montait avec la journée.

Nous avons continué longtemps ainsi. Quand je rouvris les yeux, nous traversions une ville inconnue entourée de montagnes basses. Nous avons franchi un pont, longé une promenade plantée de marronniers. Maintenant un porche se dressait devant nous, flanqué à sa base de deux bornes entre lesquelles la traction s'avança précautionneusement.

On refermait le portail derrière nous. Dans le silence qui suivit l'arrêt du moteur, j'entendis des ferrures claquer, résonnant sous la voûte.

Avant qu'il ne le dît, je savais que notre guide s'écrierait :

— On est arrivés !

XIV

Nous descendîmes de voiture, piétinant sur place d'une démarche mécanique, nous frottant les yeux, étirant nos bras et nos jambes ankylosés par le voyage.

Notre chauffeur coupa court à ces gestes d'infirmes :

— Dépêchez-vous ! La journée n'est pas finie ; il y a encore de l'ouvrage !

Je voulus saisir mon sac ; il m'avait devancé, s'emparant aussi des bagages de mes compagnons. Il nous fit passer, à droite sous la voûte, dans une petite pièce dont l'unique fenêtre était munie de barreaux. Il y a des endroits semblables à l'entrée des casernes, des hospices, des prisons et dont l'usage ne vous est révélé que lorsque vous les traversez vous-même, et pas en touriste.

Une table divisait la salle dans sa longueur. Notre guide y jeta nos sacs, les ouvrit, renversa celui de mon camarade qui rota pour ponctuer l'écroulement du contenu sur la table.

— Assez !

L'homme n'en interrompit aucunement sa fouille. Devant lui s'étalaient des mouchoirs, une paire de mitaines tricotées à la main, un chapelet, un paquet de gauloises et un briquet.

Mon sac ne révéla pas de briquet mais des allumettes de la Régie nationale et la cartouche de Lucky Strike. Sur le brun de la table et le marron moucheté des murs, dans le jour grisâtre que laissait filtrer la fenêtre, la blancheur luisante des paquets frappés en leur centre du disque rouge aux lettres magiques détonnait.

Cette fois-ci, l'homme marqua une pause. Il sifflota entre ses dents. Maintenant, il me regardait avec soin ; je l'intéressais de plus en plus. D'un mouvement du menton il signifia aux deux autres de l'attendre tandis qu'il me fit retourner mes poches, ôter ma veste qu'il se mit à palper. On voyait qu'il avait fait ça toute sa vie. Il trouva sans peine dans la doublure décousue le gros billet qu'il plaça, déplié, sur les cigarettes. Il hocha la tête de satisfaction : voilà qui n'avait pas été long ! Ce n'était pas à de vieux singes dc son espèce qu'on la faisait !

Se tournant vers le pleurnichard dont il n'avait pas ouvert le bagage, il montra la sortie, au fond de la pièce. Notre compagnon s'y dirigea en traînant les pieds, multipliant les pas comme pour retarder le retour dans des couloirs où nous l'entendîmes s'éloigner en soupirant.

Maintenant, c'était à nous :

— Messieurs, nous allons rendre visite au préfet de discipline.

Marchant en tête, les pièces à conviction à la main, il nous guida à travers plusieurs cours vides, dont le centre s'ornait de statues pieuses représentant exclusivement des figures du Nouveau Testament. Nous pénétrâmes dans un bureau dont la porte était vitrée. Un homme jeune, court et massif, en soutane aux manches retroussées, nous reçut. Il examina l'objet du délit ; ses mains avaient la forme et l'épaisseur des battoirs à linge que maniait la mère de Marcel.

Il se retourna vers mon compagnon qui, souriant, se dandinait d'avant en arrière en faisant claquer sa langue à petits coups, comme s'il appelait son chien.

— Joseph, tu es incorrigible !

La punition tomba :

— Trois dimanches de consigne !

Le préfet saisit une règle :

— Mets-toi à genoux !

Mon camarade s'exécuta de bonne grâce et reçut un coup sur les doigts qui tira de lui un « Ouille ! » dit d'une voix de fausset, suivi d'un rot discret, de ceux qu'on étouffe par politesse.

Un autre geste et il se retirait en compagnie de notre guide. Mon cas était autrement plus sérieux. Je le compris au silence de mon interlocuteur, occupé à compter deux par deux les dix paquets avant de les replacer dans leur étui. Et puis, il y avait le gros billet ; sa provenance ?

C'était une question.

— Mon oncle me l'a donné.

— Qui est votre oncle ?

Je citai notre parenté, indiscutable, prononçai le nom des Casté.

— Où vit-il ?

Nice n'était pas une référence convaincante et désignait, par opposition à l'austère paysage qui nous entourait, un lieu profane où règnent la futilité et les tentations.

Son métier ? Tout aussi douteux. Car comment expliquer qu'il s'occupait des intérêts commerciaux d'une personne du sexe avec laquelle il n'était pas marié ?

Le préfet cita saint Thomas :

— Nous vérifierons.

Il réfléchit un instant, résuma la situation :

— Vous commencez bien mal votre carrière chez nous.

Il se leva.

— Suivez-moi, il s'agit d'une faute grave, je dois en référer au Supérieur.

Le troisième homme de cette journée-là occupait un bureau beaucoup plus vaste, quoique sombre, et dont la porte était capitonnée. On voyait bien qu'il était le Supérieur de l'endroit ; il en avait l'âge et l'immobilité. Cependant, son visage était dénué de rides et ses lèvres, un peu charnues, avaient quelque chose de féminin, tandis que ses cheveux blancs, assez longs, couvraient ses orcilles. Il ne se leva pas du vaste siège qu'il occupait — une cathèdre gothique dont les plis de sa soutane recouvraient le devant et les côtés.

Le préfet déposa sur une table basse cigarettes et argent. Le vieillard les regarda sans les saisir, et même, me parut-il, en faisant une légère moue de dédain comme si ces offrandes étaient bien indignes de lui.

Il interrogea le préfet sans me regarder :

— Il s'appelle Adam, n'est-ce pas ?

— Oui.

Un sourire écarta ses lèvres :

— Vous voulez dire que ce sont là les fruits du paradis terrestre qu'il nous apporte ?

Le visage du préfet demeura parfaitement immobile. Lui s'en tenait à la réalité, aux évidences palpables.

— La provenance du billet n'est pas établie ; quant aux cigarettes, ce sont les plus chères du marché.

Le Supérieur accepta cette précision sans ciller. On voyait bien que la personne la plus chère du marché c'était lui.

Il demanda à son subordonné :

— Confesse-t-il des goûts de luxe ?

Le préfet répondit pour moi :

— Oui.

— Vient-il chez nous pour s'en corriger ?

— Oui.

Un geste du Supérieur, nous étions sortis. Presque au pas de course nous avons parcouru d'autres corridors, traversé d'autres salles, jusqu'à une dernière, au-delà de la chapelle, une pièce vide, sans fenêtres.

— À genoux !

Je m'exécutai avec la même indifférence que le Joseph de tout à l'heure. Je vis le préfet saisir la règle qui, apparemment, ne quittait pas sa poche ; j'attendis le coup de ce nouvel adoubement. Mais il la plaçait sur le sol, devant moi.

— À genoux sur la règle.

J'ai dû, un instant, montrer l'étonnement des anthropologues débarquant dans une tribu aux coutumes inconnues. Les premiers instants furent seulement inconfortables. La douleur ne vint qu'après, d'abord localisée, puis gagnant de proche en proche, irradiant jusqu'à l'os, tandis que le froid qui semblait sourdre des murs épais glaçait la sueur qui tout à l'heure avait mouillé mon front. Je réprimai des frissons, m'attachant à rester immobile. Bientôt je perdis la notion du temps ; j'étais maintenant engourdi, mes genoux étaient devenus insensibles.

Je me suis endormi, ou évanoui, je ne sais plus. Quelqu'un m'a jeté sur un lit. Puis il y a eu des frôlements, des chuchotements. Dans la nuit, des enfants m'entouraient, leur visage blafard à peine visible dans l'obscurité. L'un m'offrait à boire du vin dans une timbale en vermeil, l'autre un morceau de sucre candi que j'entendis se briser sous mes dents.

Quand je m'éveillai, ils étaient partis, mais je devais les revoir à l'étude où on me conduisit. On me plaça à part ; toutefois, en revenant un peu plus tard vers le réfectoire, alors que les genoux douloureux je marchais en hésitant à chaque pas, à la manière du paralytique qui vient de retrouver l'usage de ses jambes, ils me parlèrent en cachette du surveillant. Ils me regardaient avec admiration : j'étais paraît-il le premier à avoir tenté d'introduire dans la vieille institution dix paquets de cigarettes à la fois, et pas n'importe lesquelles — des blondes de luxe, des américaines, me répétèrent-ils en chœur. Ils m'entretinrent avec déférence ; d'après eux je m'étais conduit en héros, subissant mon supplice sans demander grâce. Ils récitaient mes exploits : j'avais tenu tête à nos garde-chiourme, au préfet, au Sphincter...

— Le Sphincter ?

— Oui, le Supérieur, le vieux, toujours sur sa chaise percée.

Ils m'affirmèrent qu'il souffrait d'une maladie honteuse, me signalèrent qu'il avait la particularité de ne s'exprimer que par questions auxquelles on devait répondre par l'affirmative seulement. Mais cela, je l'avais déjà remarqué.

Au réfectoire aussi on m'avait mis à l'écart, à une

table où je mangeai seul. J'étais en outre privé de dessert — une infecte compote. En sortant, mes nouveaux amis m'apportèrent du chocolat qu'ils dissimulaient dans la paume de leur main, ainsi que des noix, des raisins secs que je grignotai dans la cour.

Le soleil de l'après-midi ne me réchauffa guère. Je frissonnais depuis la veille, et le soir une fièvre me saisit. Dans la nuit on m'accompagna à l'infirmerie où une sœur en cornette me servit des tisanes. Bientôt je les vomis et ma fièvre empirant je sombrai dans un sommeil traversé de galops fous, d'aboiements et de chutes, les quatre fers en l'air. L'accès ne dura qu'un peu plus de quarante-huit heures, mais il me laissa faible, sans appétit, la tête vide.

Je pus enfin regagner le dortoir où mes nouveaux amis m'accueillirent par une grande fête, après l'extinction des feux. À la lueur d'une lampe électrique, je les voyais maintenant un à un pour la première fois : des joues grêlées de pustules, des yeux chassieux, un bec de lièvre. Il y avait encore un bossu, un pied-bot. Ils étaient les plus disgraciés de la division — une cour des miracles. De leur laideur ils avaient tiré gloire et fierté et se désignaient entre eux comme « l'honorable société des Miraculés ». Mon visage taillé à coups de serpe, mes cheveux mal coupés, ma veste étriquée, dont les manches devenues trop courtes découvraient mes poignets, n'offensaient par leur idéal sévère.

Par mes hauts faits je m'étais désigné à eux comme leur roi. Le titre était vacant depuis l'année précédente ; ils m'en remirent les insignes : une chaîne d'argent et sa médaille pieuse, percée en son centre d'une balle qui avait fait sauter la tête du saint, m'expliquèrent-ils. Il s'agissait d'un épisode de guerre absolument héroïque au cours duquel, on l'aura compris, la médaille n'avait pas sauvé la vie de son courageux propriétaire. Mais c'est ainsi qu'elle était devenue proprement miraculeuse, les balles ne passant pas deux fois par le même trou. La médaille aussi était en argent ; je la porte toujours.

À mille autres signes, le préfet reconnut mon avènement. Il ferma les yeux. L'air un peu hagard que j'avais gardé de mes journées de fièvre et la légère boiterie que je cultivai, au moins pour un temps, par amitié pour mes nouveaux compagnons, marquaient ma place chez les Miraculés ; or ceux-ci participent de l'ordre du monde, des schémas divins. La division ne les respectait pas moins. Certains, comme Joseph, rêvaient de devenir Miraculés à leur tour. Mais il en fallait plus pour cela et on le jugeait de surcroît peu sérieux. J'en fis cependant mon factotum, position impensable dans notre « honorable société » d'égaux où je n'étais que *primus inter pares*. J'encourageai ses talents aux cartes ; il tapa bientôt le carton comme un expert, devint un as du bonneteau où il délestait de leur argent de poche les fils à papa. Les Miraculés percevaient leur dîme, calmant les mauvais perdants et tabassant ceux qui se faisaient prier pour payer leurs dettes de jeu.

Entre-temps, j'avais reçu une lettre de Père qui se plaignait du déplaisir que lui avait causé le rapport du préfet de discipline. Certes, il le reconnaissait, il ne pouvait m'accabler sur le fond Les Lucky Strike, il connaissait. Il concédait encore que l'influence de l'oncle Eugène avait été néfaste, et puis il y avait surtout les circonstances de notre vie... Sans doute avait-il écrit un peu la même chose au préfet, avec tout le respect dû à un homme d'Église. Pour le gros billet, on s'arrangea : il suffirait pour le denier du culte.

Je ne répondis à la lettre de Père que par les trois paragraphes du modèle obligatoire tel qu'il nous était fourni, en même temps que l'uniforme bleu marine, à notre arrivée à l'institution, et qui tient compte de toutes les circonstances de la vie scolaire et personnelle. La formule finale remercie nos parents de nous avoir confiés à la bienveillance attentive de nos maîtres respectés qui faisaient de Saint-Symphorien le creuset de l'élite et l'espoir de la France.

Je parsemai la page de quelques fautes d'orthographe parmi les plus honteuses et que le préfet, qui exerçant lui-même la censure lisait tout le courrier, souligna de deux traits au crayon rouge, sans toutefois les corriger.

Je procédai de la même manière pour la lettre suivante, après quoi je cessai entièrement d'écrire, confiant ce soin au pleurnichard du premier jour qui savait tenir une plume et avait aussi le don d'imiter les écritures. Il possédait une riche collection de stylos ainsi qu'un assortiment d'encres, bref, tous les outils du faussaire. À la satisfaction de Père il calligraphiait jusqu'à notre adresse, disposée symétriquement au milieu de l'enveloppe. Père discernait chez moi les débuts d'une réforme intellectuelle et morale, d'autant plus que le scribe omit dorénavant les fautes d'orthographe, se contentant ici et là d'une négligence de bonne compagnie.

XV

Saint-Symphorien, on ne pouvait demander mieux sur le plan des études comme sur celui de la discipline. Il y avait encore le charme des bâtiments : du gothique flamboyant dans les parties hautes, un peu de byzantin aussi, le tout rehaussé en briques, avec des tours, des coupoles, trois clochers, dont un avec un carillon qu'on venait entendre de fort loin.

Nos uniformes aussi visaient à l'harmonie, au bon ton ; les plus fayots de la classe en astiquaient les boutons armoriés. Chez les Miraculés, on portait la tenue « à l'ancien », le col de la veste relevé et les chaussures jamais cirées. Dans les salles d'étude nous apprenions le latin, l'histoire antique, ainsi que le programme l'annonçait. Dans les cours de métaphysique et de morale on enseignait les trois vertus théologales — la Foi, l'Espérance et la Charité —, et aussi les cardinales, qui sont quatre : la Justice, la Prudence, la Tempérance et la Force, dont nous faisions bon usage.

A posteriori on le comprend : c'est bien là que le bât blessait, dans le contact entre les deux domaines, si proches qu'ils étaient imbriqués à tous les étages, d'une salle à la suivante selon la discipline qu'on y enseignait, et d'un couloir ou d'un escalier à l'autre, formant ici saillie, et là s'inscrivant en retrait, jusqu'au dernier recoin de nos vieux murs. Car le conflit entre les deux répertoires était patent ; chacun pouvait entendre la dissonance. Les institutions romaines, l'architecture romaine, la loi romaine et les légions romaines répétaient à l'infini leur logique et leur symétrie : dix hommes pour une décurie, cent pour une centurie, deux cents pour un manipule et trois fois plus dans une cohorte. Dix cohortes rangées ensemble et voici la légion en marche, avec son numéro d'ordre. En tête de l'armée vient la Xe légion, la préférée de César, rien que des cracks.

L'ordre était là et non dans des histoires aux contours aussi flous que les déserts bibliques où elles se déroulaient, pays chauds où il ne se passait rien et dont les habitants dévorés de vermine prétendaient se régaler de dattes, de figues sèches et de lait de chamelle. Leurs arguties interminables, analogies spécieuses, paraboles équivoques, criailleries frénétiques vous laissent éberlué.

Je n'ai évoqué ce contraste qu'avec le moniteur d'éducation physique, un type sec, aux cheveux gris, qui ne mangeait pas à la table des professeurs mais à celle des surveillants. Pour quel modèle se prononçait-il : le centurion rompu aux exercices corporels mais adepte des thermes au retour des campagnes lointaines, ou bien l'anachorète s'infligeant jeûnes et macérations ? Lui n'avait pas d'opinion sur la question. Nous avons disserté sur les jeux Olympiques qui venaient de se tenir à Londres, les premiers de l'après-guerre. Leur idéal lui convenait entièrement. Le culte de la perfection physique était-il en contradiction avec l'enseignement de notre institution ? Il haussait les épaules. Son seul regret était de ne plus enseigner la savate et la canne de combat. Il y en avait eu trois groupes — bleu, blanc et rouge —, dix ans plus tôt, à Saint-Symphorien. Mais depuis la guerre on y était devenu pacifiste.

L'établissement se vidait à Noël, à l'exception de quelques pensionnaires tout à fait permanents dont les parents résidaient trop loin, au fond des colonies, pour les accueillir le temps des vacances. Il y en avait plusieurs dans ce cas chez les Miraculés, dont le père était en poste à Dakar, à Tourane, à Saïgon, un peu partout.

En les quittant, j'ai prononcé le mot juste :

— Les dîners de famille, quelle corvée ! Je préférerais passer Noël avec vous.

Le même chauffeur qu'à l'aller nous reconduisit, mes deux « pays » et moi. Entre-temps j'avais évalué quelle place subalterne il occupait dans l'appareil institutionnel de Saint-Symphorien. Je la lui rappelai en ne lui adressant pas la parole pendant le voyage.

Joseph descendit le premier et nous dit au revoir en rotant les cinq premières notes de *La Marseillaise*. Puis ce fut le tour du pleurnichard, beaucoup moins éploré depuis que je m'occupais de lui. À seule fin d'inquiéter sa mère qui se montra au bruit du moteur, je l'embrassai longuement avant de le laisser ouvrir la portière. Ce sont des manières qui appartiennent à la tradition des pensionnats.

— Tu aimes bien ton petit caramade ? me demanda le chauffeur quand nous fûmes repartis.

Et comme je ne lui répondais pas :

— Tu le reverras dans quinze jours.

— Et vous aussi, j'espère.

Il en rit de bon cœur. C'était un brave homme, et

de plus il tenait la vieille traction avant du collège toujours parfaitement briquée. En arrivant, je le saluai de la tête. Il avait remis son masque aux yeux en vrille, à la Gilles de Rais, l'ogre de nos campagnes, la providence des familles nombreuses. Il tapotait le volant sans rien dire : il n'avait pas de temps pour les discours.

Je ne parlai guère plus le reste des vacances. Aux questions de Père sur l'enseignement que je recevais, j'opposai mon ignorance en toutes choses. Il en fut dépité, remarquant pour Mère :

— Cet enfant n'est pas très observateur.

J'assurai à Mère qui me pressait de questions que je ne manquais de rien. Le contraire n'était même pas vrai. Je regardais Sister avec indifférence, et elle avec un peu de cet amusement protecteur que l'on réserve aux élèves des petites classes. Nous étions devenus des étrangers. Elle passait beaucoup de temps à écrire des lettres, à ranger son trousseau, et malgré cela elle parvint à égarer ses escarpins vernis.

À Marcel, que pouvais-je dire ? Il ne possédait pas les instruments pour mesurer le monde que je lui aurais décrit — l'entrée monumentale de Saint-Symphorien, la chapelle, le réfectoire, les salles d'étude, les dortoirs. Il n'aurait pas vu les longues perspectives des couloirs, ni entendu le piétinement des divisions, ni compris derrière l'ordonnance de cet univers la folie de ses habitants, la démence particulière du préfet de discipline, celle du Supérieur, le Sphincter, oui, le Sphincter, et, au-dessous, dans les abysses où de même que la lumière au fond des océans son autorité pénétrait mal, le monde des Miraculés. J'étais leur roi.

Marcel avait examiné la médaille que je portais au

cou. Il ne l'avait pas trouvée si extraordinaire, et miraculeuse pas du tout. Les balles qui passent plusieurs fois par le même trou, il avait déjà vu ça en tirant des cartons à la foire. Inutile de raisonner avec un esprit fort.

Nous ne sommes pas non plus allés au bord de l'étang inspecter notre cabane. Lui-même n'y était retourné qu'une seule fois. Il paraît que les murs de terre que nous avions construits s'étaient délités sous les pluies de l'automne. Nous n'en avons plus reparlé. Robinson Crusoë est une belle aventure ; tout le monde voudrait la rejouer. On n'en a pas toujours l'occasion. C'était notre histoire, notre secret. Nous tournions le dos à ces années de notre enfance ; des choses sérieuses nous attendaient. Pour Marcel, l'année suivante serait celle de l'entrée en apprentissage.

Prince était le plus heureux de me retrouver. Du fond de l'enclos il reconnaissait ma voix ; il le traversait pour venir manger dans ma main. C'était déjà le petit étalon ; il voulait monter toutes les juments du pays.

Les pluies avaient aussi transformé notre cour en marécage. Père se contentait d'en faire le tour comme s'il faisait face aux éléments. Il passait en revue les jeunes chênes qu'il avait fait planter — un investissement à long terme, « pour les générations futures ». Puis il rentrait, remettait son chapeau de ville au portemanteau, feuilletait la pile de courrier sur le secrétaire de l'entrée, reposait le tout en vrac sans y répondre. Il revenait enfin au salon où il s'asseyait dans son fauteuil « club », calant sa mauvaise jambe sur un tabouret dont Mère avait refait la tapisserie. Tous les plafonds des pièces du bas s'auréolaient irrégulièrement ; leur plâtre s'écaillait. Nous attendions que le ciel nous tombe sur la tête.

Le retour à Saint-Symphorien, au bout de quinze jours, me satisfaisait. Même les grimaces du malheureux Joseph me manquaient. À l'arrière de la 11 limousine qui nous ramenait dans l'éclaboussement de l'eau giclant sous ses roues, il m'en fit une dizaine d'affilée, celles qu'il réussissait le mieux, tous les tours dans son sac, comme un bon chien retrouvant son maître. Le pleurnichard aussi me fit fête. Il avait mis ses vacances à profit pour fabriquer des tampons en caoutchouc aux armes de Saint-Symphorien. Quel talent ! Son avenir était tout tracé ; je l'en félicitai.

À Pâques, je coupai à la corvée familiale en choisissant le camp de montagne, comme je l'ai dit plus haut. Il ne s'agissait pas d'escalader les pitons les plus escarpés qui du reste faisaient défaut dans ce paysage aux sommets modestement arrondis. À l'époque, on n'avait pas encore atteint le « toit du monde » ; l'Everest n'était toujours pas « vaincu ». En revanche, ce qui était nouveau et frappait notre imagination, c'était la spéléologie. Ces types, habillés comme des égoutiers avec la gueule noire des mineurs de fond, qui exploraient au péril de leur vie un monde souterrain de rivières et de lacs inconnus, qui admiraient les spectacles que personne n'avait contemplés avant eux de cathédrales monolithes dont les voûtes irrégulières et les stalactites en guise de piliers étincelaient sous la lumière des torches électriques qu'ils brandissaient dans la nuit, frappaient notre imagination. Nous aussi nous avons découvert quelques grottes naturelles, au pied des plateaux de la région, qui, au bout de quelques pas, s'achevaient en cul-de-sac. Elles ne contenaient ni merveilles minérales, ni ossements de bêtes quaternaires, ni encore de peintures rupestres, mais tout au plus les bouteilles cassées que quelque vagabond avait bues là. Pour un moment au moins nous y étions à l'abri des regards de la Sainte Inquisition.

Pour l'été, un tel arrangement n'était pas possible ; il me fallait rentrer à Saint-Allios, retrouver la vie des champs, le bonheur agreste. Ainsi tourne à l'usage des collégiens endimanchés le calendrier des saisons, d'une année à la suivante, bien semblable dans nos paradis de tous les jours, et cela de la rentrée des classes au feu d'artifice du Quatorze Juillet que la pluie gâche, une fois sur deux.

L'année suivante cependant, et contre toute attente, il y eut de l'action. Sister, à l'académie de musique où elle réalisait des progrès considérables, venait de se faire enlever par son professeur de piano qui avait dix ans de plus qu'elle. Certes, comme Père le remarqua aussitôt, il était de bonne famille. Tout de même, cela jetait un froid. Quel imprévu !

Les nouvelles nous sont parvenues un après-midi où, avec Marcel, nous commentions dans sa cuisine l'étape Marseille-Gap du 38e Tour de France. Hugo Koblet, l'élégant grimpeur suisse, portait le maillot jaune, mais le vieux *campionissimo* Gino Bartali venait de prendre la deuxième place de l'étape et remontait à la quatrième du classement général. Gap-Briançon, le lendemain, allait être l'étape capitale, avec les cols de Vars et de l'Isoard. Les Français comptaient sur Géminiani, toujours en tête du classement des grimpeurs, et sur Lucien Lazaridès, troisième du général.

Père aussi lisait le journal. Le numéro du 25 juillet 1951 annonçait les obsèques du maréchal Pétain à Port-Joinville, dans l'île d'Yeu. Il y avait encore d'autres noms dans l'actualité du jour, en France et aussi aux antipodes — Trang-Bom, Kaesong —, des endroits qui ne sont plus tous sur la carte, lieux où les nouvelles sont toujours désastreuses.

Les nôtres, grâce à Zoé, étaient de première bourre ; il fallait envelopper l'affaire au plus vite. Je n'ai rencontré mon beau-frère que rarement et toujours dans des circonstances pénibles — mariages, enterrements, baptêmes, premières communions. Je l'ai trouvé antipathique et je crois que c'était réciproque. Il portait les cheveux longs, à l'artiste, s'assouplissait les doigts au milieu d'une conversation, ou bien fermait tout à coup les yeux comme s'il écoutait une symphonie entendue de lui seul. On aura remarqué que la musique ne me passionne pas. Je ne suis pas de ceux qui alignent comme sur du papier réglé des métaphores sur tous les tons de la gamme, qui sèment à tous vents des références érudites ou passionnées, ou évoquent le souvenir de récitals à vous couper le souffle, de concerts qui vous révèlent en une seule fois le sens de l'existence. Je laisse la composition et le contrepoint aux sourds auxquels ils appartiennent de droit.

Mère m'avait présenté :

— Adam s'intéresse à tous les sports.

Le virtuose m'avait dévisagé, déclarant après examen :

— Très bien, mais attention aux accidents.

À part moi je lui ai souhaité en retour une série

redondante de catastrophes discordantes et cacophoniques, toutes sortes de fiascos, et le plus souvent possible. Vraiment, qu'est-ce que Zoé avait bien pu lui trouver ? La vérité était qu'elle s'était vendue pour un plat de lentilles.

Au bout d'un moment ils sont partis en voyage de noces dans une Hotchkiss neuve, une berline treize chevaux, le modèle « Anjou ».

Pour Marcel, les vacances étaient brèves; on décourage l'oisiveté chez les apprentis. De mon côté aussi l'année allait recommencer à Saint-Symphorien ; je ne m'en plaignais pas. Je n'avais pas le loisir de fainéanter en attendant, car Père comptait sur moi pour « mettre de l'ordre » dans les granges avant mon départ. En effet, le vieux Mathieu n'en pouvait mais et ne quittait plus guère la métairie que les jours de marché.

— Il va boire toute la boutique, déclarait Père.

J'ai donc entassé au bout des rangs des piquets de vigne noircis par les ans et qu'on venait de remplacer, puis je les ai transportés, une brassée après l'autre, et mis à l'abri. J'ai encore fendu des bûches pour le prochain hiver, et déplacé tout un capharnaüm amoncelé. Je ne vous donne pas tous les détails ; il y avait bien d'autres travaux : chez nous c'était les écuries d'Augias. On n'en finissait jamais ; il y avait encore une question d'échelles bancales pour atteindre les greniers, de trappe restée ouverte en haut de notre silo, de solives vermoulues qu'il fallait remplacer ou consolider sur l'heure...

J'ai regardé les poutres entrecroisées au-dessus de ma tête — des étais, des arcs-boutants, des contre-flèches surajoutés au fil des générations. Une équipe de vaillants charpentiers, de compagnons du devoir, n'aurait pas suffi à leur redonner cohérence et solidité. Le découragement m'a saisi, et toutes les déceptions qui s'étaient accumulées depuis si longtemps me sont revenues à l'esprit, m'ont donné le vertige. J'ai hésité à placer contre le mur l'échelle que je portais. Je sentais monter à mes lèvres les paroles que j'avais tues jusqu'alors.

Père me montra la paroi opposée ; il parlait d'atteindre la poutre maîtresse, de déclivité naturelle du sol, de fausse symétrie de la construction, de véritable harmonie architecturale. J'ai cessé de l'écouter. J'ai reposé à terre l'échelle qui me sciait l'épaule et je lui ai jeté :

— Montes-y toi-même !

Je suis sorti de la grange sans me retourner. Père n'a rien dit, et rien de plus le lendemain, date de mon départ. Mais c'est bien ce jour-là que je l'ai tué.

XVI

Se retrouver à Saint-Symphorien après l'interruption des vacances était un bonheur que les Miraculés célébraient ouvertement. En vertu de cette tradition je décrétai « du haut du pavois » cinq jours de bacchanales ordinaires avec danses, jeux de hasard et initiation d'un nouveau dont le visage tavelé et les mains de débardeur indiquaient assez qu'il était des nôtres. La paix royale qu'on nous laissa cette première semaine était un signe de la décadence de notre institution. L'ère moderne allait l'engloutir comme la marée montante les châteaux de sable des enfants sages.

Du coin de la cour où nous nous tenions, j'observais les élégants, bientôt bacheliers, paradant en gants beurre frais et cravates « régates » dont les rayures étaient aux couleurs d'Eton. Sans doute évoquaient-ils leurs rencontres de l'été, jeunes filles improbables, figures évanescentes. Ils se promettaient leur conquête aux prochaines vacances. En attendant, ils avaient leurs petits amis, fraîchement sortis des jupes de leur mère, encore inconsolables, blonds comme des anges et sous leurs larmes malicieux comme des amours baroques.

Je n'avais pas le courage de penser à Zoé. Les trois

lettres de son nom s'étaient changées en un buisson d'épines qui me fouillait le cœur. Je levai les yeux vers le sommet des murs qui nous cloîtraient et au-delà desquels on entendait, tel un contrepoint jazzé, les coups de klaxon joyeux des automobiles, parmi lesquels je reconnaissais de loin en loin les deux tons rares des Buick et des Chevrolet. Joseph les imitait sur un harmonica chromatique. Par respect pour mon deuil il me jouait aussi en sourdine des valses lentes, improvisées et déchirantes comme la plainte des âmes à jamais séparées.

Les cloches criardes de Saint-Symphorien nous interrompaient en nous appelant à l'étude où nous entrions en file, tels des chevaux retrouvant l'écurie.

Tout arrive comme on l'attendait, mais en pire, bien sûr. Est-ce que j'invente ? Peut-être pas ; les choses ont dû se passer de la sorte.

Père eut son accident à peu de temps de là, un matin, de bonne heure. Je l'appris quelques heures plus tard ; voici comment. Le préfet de discipline est entré en étude pour m'avertir que le Supérieur me demandait sur-le-champ. Je m'y attendais puisque je n'ignorais pas qu'un télégramme à mon nom venait, quelques instants plus tôt, d'être porté chez le concierge. C'était un homme à nous ; les Miraculés recevaient ses confidences. Ce jour-là il n'avait pas eu le loisir de décacheter le message et de lire son contenu. Son objet cependant ne laissait aucun doute car le télégraphiste l'avait remis au concierge en disant :

— Aujourd'hui, on calanche en série. Pour ma tournée j'aurais pu remplacer les formulaires de l'administration par du papier grand deuil.

On peut être fonctionnaire des Postes et homme d'esprit.

Un billet roulé en boule m'était parvenu du fond de la salle, devançant le préfet. Seul un nom manquait et le mystère serait résolu. Par nature, il ne pouvait s'agir de Zoé. Alors, Père ? Si le Sphincter commençait sa première question par un *P,* ce serait Père, par un *M,* Mère. Certes, les probabilités linguistiques étaient plus grandes pour le premier cas mais elles correspondaient à la réalité : dans la vie aussi Père me paraissait plus menacé.

En entrant dans le bureau du Sphincter j'ai aperçu le télégramme sur la table basse qui flanquait son fauteuil. Il me regarda longuement, retardant le moment de parler comme s'il pesait au trébuchet les mots qu'il allait prononcer.

Il demanda enfin :

— Pauvre enfant, vous ignorez pourquoi je vous ai fait appeler ?

— Non.

Il sursauta, se tourna de profil comme s'il voulait rapprocher de moi sa meilleure oreille. Mais il avait bien entendu ; je n'avais pas dit oui.

Je repris :

— Vous voulez m'annoncer la mort de Père. Elle était attendue quoiqu'il fût un roi sans couronne.

Tout en parlant j'avais tiré un briquet de ma poche, le modèle à essence le plus puissant du marché. J'en fis jaillir une flamme, aussi longue que celle d'un fer à souder. J'avançai vers le Sphincter qui recula aussi loin que le grand dossier de sa cathèdre le lui permit.

— Comment, mon père, vous craignez les flammes de l'enfer ? Allons, ici-bas, ce ne sera qu'un mauvais moment à passer. Vous allez griller telle une volaille avant de sauter comme une bombe sur votre chaise percée, dans une odeur de soufre *sui generis*.

Le Sphincter poussa un cri aigu. Ses yeux imploraient pitié ; il se tordait les mains comme une femmelette.

Eh bien, non ! tout cela n'est pas vrai. L'interrogatoire, bien sûr, ne s'est pas déroulé ainsi. Je n'avais en rien menacé notre tortionnaire. Il baissait la tête ; il avait été vaincu dès le premier mot. Je n'avais rien eu à ajouter, et lui, après un silence, avait constaté :

— Un accident. Vous l'aviez craint, n'est-ce pas ?

— Oui.

J'avais dit oui ; les choses, d'une certaine manière, rentraient dans l'ordre.

Le Sphincter continua :

— L'homme ne peut que craindre un destin toujours précaire ; vous le saviez ?

— Oui.

Il hocha la tête, puis il murmura, mais tassé dans son siège il ne paraissait plus parler que pour lui :

— La moindre de nos pensées, le moindre de nos gestes engage notre vie éternelle...

Il avait eu un geste de bénédiction, un geste de lassitude. Je suis sorti sans refermer la porte derrière moi. Tournant le dos à la salle d'étude je gagnai la cour d'honneur. Malgré le verre cathédrale des fenêtres, les Miraculés, de leur banc, durent me voir passer. Il n'était pas nécessaire de leur dire adieu, ils le comprendraient parfaitement. Mon évasion serait une autre aventure dans leur vie, un épisode d'ailleurs tout provisoire. Car au fil des années ils commençaient à se rendre compte que ce n'était pas si bien que cela d'être Miraculé. Eux aussi constataient que le monde autour de nous changeait à toute vitesse.

Pour y survivre, il faudrait être beau et rouler dans une voiture neuve.

J'ai franchi le portail comme si j'allais faire une simple course en ville. Les boulevards resplendissaient de soleil ; le ciel était immense et bleu derrière les branches sans feuilles des marronniers de la promenade. Je suis rentré à Saint-Allios par l'autocar. D'arrêt en arrêt les voyageurs se reconnaissaient, échangeaient des nouvelles en patois. Le conducteur toussait, se plaignait d'un refroidissement. Une femme avait son fils en Indochine. Elle n'avait reçu aucune lettre depuis plus d'un mois. On lui a répondu que ça n'avait rien d'étonnant, par les temps qui couraient. Et puis tout le monde est descendu.

Je suis arrivé à Saint-Allios à la nuit, comme ça, sans même le complet « collégien » du dimanche. Mère ne s'en est pas étonnée. Elle ne m'a pas demandé où était mon sac, ce que j'avais fait de mon trousseau, les caleçons, les demi-bas, le jeu de serviettes « nids d'abeilles ». Elle paraissait distraite en tout.

L'accident de Père n'était pas inattendu, certes. Faire de la voltige dans les greniers, d'échelle en échelle, à son âge, avec son infirmité ! C'est ce que tout le monde a dit. D'ailleurs, les gens allaient et venaient chez nous comme dans un moulin. À l'autre bout du salon le fauteuil « club » de Père restait vide.

La tante Victoria qui souffrait d'une phlébite ne pouvait se déplacer. Elle a écrit une longue lettre à Mère ; elle la plaignait de toutes les façons. Elle lui donnait des conseils aussi, pour l'avenir, l'immédiat et puis le long terme. Nous ne pouvions plus, à son avis, continuer à habiter Saint-Allios. Nous nous étions assez obstinés comme cela. Elle n'ignorait rien des défauts de son frère, son entêtement monstrueux à avoir raison contre tous, à refuser de voir les faits, la réalité, les circonstances. Il avait été la cause de son propre malheur, et aussi celui de sa famille, maintenant bien éprouvée, en partie dispersée. Elle avait ajouté des commentaires sur ses déceptions personnelles, glissé une allusion aux Casté qui n'avaient, malgré leurs prétentions, rien à nous envier...

Elle avait une maison, oh bien modeste, et bien loin de chez elle, et même tout à fait de l'autre côté de Bordeaux, au fond d'un des faubourgs à l'ouest de la ville, vers Talence, Pessac, un quartier qui n'était peut-être pas du premier chic mais qui était calme et discret. Les locataires qui occupaient les lieux venaient de donner leur congé ; la maison nous était donc ouverte. Elle était confortable, jouissait d'une bonne exposition au midi. Pour tout dire nous y serions à l'abri des intempéries, des cataclysmes propres à la campagne. Son jardin, quoique fort exigu, nous rendrait la transition moins pénible ; il était décoré d'un bananier nain.

Tante Victoria offrait encore quelques suggestions pour mes études futures, qu'elle voyait résolument pratiques. Elle précisait encore que l'église paroissiale, à deux pas de notre nouvelle demeure, remplaçait originalement un clocher et ses cloches, dont dans sa modernité en béton armé elle était démunie, par une sonnerie enregistrée, genre « Westminster », que diffusaient alentour de puissants haut-parleurs. Voilà, elle en avait fini ; elle nous embrassait tous. Mère a répondu que nous allions réfléchir à tout ça.

L'oncle Eugène, prévenu trop tard, n'avait pu être présent non plus. Il le regrettait dans un télégramme posté de Bordighera. Il nous aimait bien tout de même. Zoé et son mari, en revanche, avaient fait le voyage d'une traite dans leur Hotchkiss.

Lui enchaînait les ronds de jambe :

— Dès que nous avons appris l'affreuse nouvelle, nous sommes accourus.

Zoé portait des lunettes noires; elle avait aussi changé de parfum. Elle ne m'a vraiment embrassé qu'après la messe. Elle m'a tenu contre elle, un instant. Elle murmurait :

— Pauvre Adam, mon pauvre Adam.

Son mari n'avait laissé le soin à personne de jouer sa partition à l'orgue pendant la cérémonie. Maintenant il se plaignait mezzo-voce : un des jeux était inutilisable, quant à la soufflerie, n'en parlons pas, épuisée, asthmatique, elle lui avait fait souffrir le martyre. Dans de telles conditions, il n'allait pas galvauder son talent. Son regard était éloquent : nous lui avions gâché la journée avec notre vieil instrument déglingué.

Le vieux Mathieu ne s'était montré ni à l'église ni au cimetière ; c'est qu'il ne sortait plus de chez lui. Les événements le laissaient muet, immobile et prostré. Marcel, c'était différent : son patron n'allait pas lui donner la journée pour baguenauder. Nous nous sommes rencontrés dans le bourg peu après. Nous nous sommes salués, froidement me sembla-t-il.

Par contre, Bernadette, sa sœur, m'a dit les mots qu'il fallait, tout à trac, un jour où elle passait dans la rue, tandis que j'attendais que le maréchal-ferrant en eût fini avec Prince. Elle me souriait gentiment, comme autrefois; elle avait toujours ses bonnes joues. Je lui ai donné rendez-vous pour plus tard.

XVII

Car au château, les invités partis, nous ne savions plus où donner de la tête. Dans les derniers temps, Père ne répondait plus au courrier ; il avait laissé les dettes s'accumuler partout — les contributions, le grainetier, même le maréchal-ferrant qui travaillait au tarif des artistes les plus en vogue. Quant aux *Saint-Symphorien boys,* ils voulaient leurs sous sans plus tarder ; selon les règles canoniques, un semestre commencé est dû dans sa totalité. Il ne nous restait vraiment plus grand-chose ; il s'agissait de liquider avant qu'on nous saisît.

Un commissaire-priseur marron se chargea de nos meubles que je lui apportai, armoires et fauteuils — même le fauteuil « club » de Père — entassés sous une bâche, en plusieurs charretées. Un boucher des environs, dont on disait qu'il avait fait du marché noir pendant la guerre, se porta acquéreur de la métairie, que le vieux Mathieu quitta pour habiter chez sa fille, et aussi des bois. Selon l'usage du pays, nous avons d'abord fait raser toutes nos parcelles de leurs pins, dont la mauvaise qualité nous fut démontrée par l'entrepreneur que nous avions engagé pour la coupe. Une scierie nous rendit service en nous débarrassant des billes abandonnées au bord des chemins forestiers.

Restaient le château, une prairie qui sur trois côtés lui servait de perspective à la française, deux arpents d'une vigne qui venait d'être taillée, et dont tous les piquets des dix premiers rangs étaient neufs. Laisser tout cela ? Mère voulait tenir encore un peu, attendre la belle saison, poursuivre au moins jusqu'aux vendanges, les premiers cèpes. Elle avait pris goût à la campagne.

Nos ventes nous avaient apporté quelque répit. Je le mis à profit pour rafistoler la charrette dont les déménagements chez le commissaire-priseur avaient eu raison. Les roues surtout, trop légères, avaient souffert. Je les remplaçai par celles de la Chenard & Walcker, maintenant éventrée, et dont je boulonnai l'essieu arrière sous le plancher de la carriole.

Le résultat n'était pas ce que vous croyez. Parce que les roues de notre vieille automobile étaient de beaucoup moins hautes que les anciennes roues en bois aux rayons biseautés, on avait désormais l'impression, assis sur le banc étroit et tenant les doubles guides en main, de conduire un sulky dont les brancards s'élevaient devant soi. Une impression que je n'ai guère eu l'occasion d'approfondir car nous nous risquions rarement en dehors de notre royaume, maintenant rétréci à vingt pas de notre petit cheval.

L'hiver dura interminablement. Malgré les flambées d'écorce de pin, de branches résineuses qui crépitaient dans la cheminée du salon sans plus nous chauffer que les planches ramassées dans nos bâtiments déserts, les murs du château ruisselaient comme s'il n'avait plus de toit. Mère, malgré le froid, s'obstinait à occuper sa chambre qui avait conservé son lit de cuivre et un fauteuil Voltaire. Je couchais sur un lit de camp, devant sa porte, d'où je surveillais le foyer, le rallumant d'un journal roulé en boule dès qu'il menaçait de s'éteindre.

Dans la journée, c'était en permanence l'école buissonnière. Pour améliorer l'ordinaire, j'allais tendre des collets. Je savais préparer les nœuds coulants mais je n'avais pas le flair de Marcel pour découvrir à tout coup les passages du gibier. J'attrapais un petit garenne de temps à autre. Je le dépouillais sur place ; Mère n'en voulait rien savoir. Dans la marmite ça ne faisait pas bien gras.

Restait à régler la question Bernadette.

Elle vint me rendre visite à la métairie, peu après le départ de son grand-père. Je fendais les portes à la hache pour en récupérer le bois de chauffage. Elle jugea que c'était dommage de tout dévaster de la sorte. Elle avait une vision du monde ordonnée et ménagère. Mais elle me trouva beau en bûcheron, la cognée à la main. Je lui ai cité l'exemple de Bernard Palissy. Elle m'a embrassé sans faire de façons, bouche ouverte, et nous avons trouvé pour nous étendre une couverture de cheval.

Elle avait un dos plein et charnu, parsemé de taches de son. Je pressai dans la paume de mes mains sa poitrine ronde et je la pris contre moi en fermant les yeux, comme autrefois Zoé. Elle crut y voir l'expression de ma tendresse et elle me dit à l'oreille qu'elle m'aimait bien.

Elle ajouta :

— Et ce n'est pas d'aujourd'hui, tu sais.

Elle ne m'avait pas attendu pour autant, mais cela n'a rien à voir avec les sentiments.

Je lui retournai le compliment : elle avait de vraies

cuisses de cavalière, et elle ne faisait pas mentir l'adage : « Belles joues, belles fesses ».

Cela la fit rire, puis elle reprit :

— C'est comme Marcel qui pensait toujours à ta sœur.

Elle me raconta que l'été précédent il lui avait chipé ses escarpins, laissés sans surveillance sur la terrasse du château.

— Quand elle s'est mariée, il les a jetés.

Marcel, pour un chenapan, portait lui aussi sur le monde un regard structuré ; il ne prenait pas à la légère l'institution du mariage.

Je dis :

— Pauvre Marcel, pauvre Zoé.

Je n'avais pas vraiment l'esprit à épiloguer sur ces amours impossibles.

Bernadette est venue me retrouver plusieurs fois à la métairie avant que le nouveau propriétaire en prît possession. Ensuite, elle m'a rejoint en une ou deux occasions dans la grange de la Chenard & Walcker, mais jamais au château. D'ailleurs, elle affectait de trouver la banquette arrière de notre vieille voiture, immobile sur ses cales, du dernier chic. Elle soupirait, juste ce qu'il fallait, en me quittant. Elle se montrait tendre et gaie aussi, travailleuse, de surcroît : la bonne combinaison.

Elle s'arrangeait pour m'apporter un en-cas : du poulet froid, des crêpes, dans une assiette recouverte d'une serviette à carreaux. J'en avais vite pris l'habitude : je la remerciais d'un sourire :

— Merci, princesse.

Elle attendait que j'eusse fini de manger pour s'en aller, et pourtant elle n'avait que le temps qu'elle dérobait à sa mère.

Il m'arrivait aussi de l'accompagner un bout du chemin qui, à distance du bourg, longeait le pied d'un coteau s'élevant derrière une muraille de pins. Nous marchions en nous tenant par la main. Elle s'arrangeait en tout pour me donner le sentiment que j'étais un homme, que, malgré la situation, je n'avais rien d'un traîne-lattes. Pourtant, elle se rendait compte que cela n'allait pas durer, que je n'allais pas la présenter à Mère, au salon, autour d'une tasse de thé.

Bernadette voulait également quitter la campagne, ce bourg où il ne se passait rien. Elle ne pensait qu'à habiter en ville. Elle était déjà allée deux fois à Bordeaux. Je lui ai parlé des Galeries Bordelaises, de la rue Sainte-Catherine, du Grand Théâtre, de la rue Esprit-des-Lois, comme si je venais d'y faire un tour la veille.

Beaucoup plus tard, j'ai appris qu'elle avait réalisé son rêve, qu'elle était vendeuse quelque part dans un quartier de Bordeaux que je connaissais mal. Des gens qui ont une idée sur la question m'ont dit que c'était un euphémisme. Il est vrai qu'à l'époque elle avait déjà des fréquentations qui étaient loin d'être recommandables.

Dans nos affaires, le répit fut de courte durée. Les mauvais jours ont recommencé. Mère dut encore vendre la vigne, et cela juste avant la récolte ! Au milieu de tous ces événements, elle gardait son calme, niant par chaque mot qu'elle prononçait, depuis le bonjour du matin, que la bataille était perdue et que la retraite s'était muée en déroute, façon image d'Épinal. Elle s'habillait même avec recherche, ressortant ses plus belles robes, dans les teintes sombres, s'entend.

Pour moi, côté vestimentaire, la situation était plus

délicate. J'avais grandi ; mes vestons craquaient aux coutures. Je faisais rire Mère :

— Adam, tu as l'air d'un épouvantail.

Heureusement restaient les complets de Père, pourtant bien usagés. Je flottais un peu dans la serge et la flanelle du bon faiseur.

Après la métairie, le boucher prospère revint à la charge : il voulait le château et sa prairie que nous ne faisions plus faucher et qui, en cette fin d'été, moutonnait de fleurs tardives et hétérodoxes. En son milieu, le château n'était plus, au-delà de ses apparences théâtrales, qu'une ruine moisie. L'homme insistait pourtant. Il était plus robuste que gras, avec des bajoues rasées de près. Il nous souriait, sincèrement peut-être. Quelle bonne humeur ! Quelle joie de vivre ! Il nous expliquait l'intérêt que nous pouvions retirer mutuellement de cette transaction. Je le surnommai Bouche-trous. On voyait qu'il tenait à notre bâtisse ; il avait la folie des grandeurs.

Au fond, Mère lui plaisait surtout. Il lui débitait des compliments dont il riait le premier, sur ses toilettes, ses broches, le temps qu'il faisait.

Tante Victoria nous relança également : si nous voulions la maison de Talence, c'était maintenant ou jamais.

— Nous y serons à deux pas d'Arcachon, réfléchit Mère.

En attendant, le jardin était vide derrière une rangée de dahlias et de chrysanthèmes que prolongeaient des pavots, souverains pour les rages de dents. L'été s'en allait. J'ai donné à Bernadette la cartouche de Lucky Strike qui me restait. Je savais que désormais je n'en aurais plus besoin. Elle l'a prise non en mercenaire mais pour me faire plaisir. Elle n'ignorait pas que cela avait été mon trésor de guerre.

Elle voulait savoir quels étaient nos projets d'avenir — une curiosité familiale. Je l'ai mise au courant, sans trop de précisions. Nous devions nous faire signe dès qu'elle pourrait aller à Bordeaux. Je lui ai donné rendez-vous sur le parvis de l'église aux cloches « Westminster » : elle la retrouverait facilement ; il suffisait d'écouter le carillon tous les quarts d'heure — ti-ta-ti... À l'heure de la sortie de la grand-messe nous ne pouvions pas nous manquer.

Pour parler d'autre chose nous avons commenté comme tout le monde l'horrible assassinat de sir Jack Drummond, de sa femme et de sa petite fille, à Lurs. Mourir au bord d'une route de Provence parce qu'on a décidé de s'arrêter pour camper là, quelle tragédie !

Bernadette en avait déjà tiré ses propres conclusions :

— Ce n'est pas moi qui irais faire du camping, pas du tout !

Il y avait aussi la mort d'Evita Peron, en Argentine, mais là, nous ne pouvions pas prétendre que c'était notre affaire.

Pour Mère et moi, le moment était venu de mettre les bouts. Nous avons averti tante Victoria de notre arrivée imminente. Nous n'allions cependant pas commander un déménagement en règle ; une seule solution : la carriole. Évidemment, nous ne pouvions pas tout emporter ; il fallait choisir. Nous n'avons conservé que nos souvenirs les plus chers : l'argenterie « Tête de Sphinx », le service à découper Mappin

& Webb, nos malles et aussi le fauteuil préféré de Mère, le voltaire.

Je chargeai le tout en disposant çà et là des couvertures en guise de protection. Nous ferions la route dans la journée et nous arriverions à Bordeaux à la nuit. Nous entrerions discrètement dans notre nouvelle demeure. Pour écurie, Prince aurait la resserre au fond du jardin. À l'époque, ce n'était pas entièrement inhabituel dans les faubourgs. Ensuite, on aviserait.

XVIII

J'ai attelé Prince dès le lever du jour. Mère et moi nous nous étions préparés sans rien dire et nous sommes partis aussitôt. L'allée franchie, la voiture filait sur ses pneus, sans un bruit. On n'entendait, martelant la route, que les sabots de Prince dans le rythme desquels s'intercalait le grelot unique de son collier dont la boule, cabossée depuis l'origine des temps, et même complètement aplatie, sonnait faux.

J'ai demandé à Mère, en me retournant :

— Ça va bien ?

Prince, heureux de cette sortie inopinée, allongeait l'encolure, dressant les oreilles, inclinant un peu la tête de côté comme pour écouter ce que nous disions.

— Allez ! Allez !

Je faisais claquer les guides sur son dos pour maintenir la vitesse. La journée serait longue.

Mère était assise tout à l'arrière où j'avais glissé son fauteuil, le voltaire au damas rouge depuis longtemps fané. Le siège s'appuyait au hayon que dépassait le haut dossier, aussi élevé que celui d'un trône royal. Attachée aux ridelles, il y avait la grande glace de la salle à manger. Mère n'avait pas voulu s'en séparer ; son cadre doré à godrons, qu'elle avait toujours connu au-dessus de la cheminée, lui rappelait sans doute des temps plus gais. À même le plancher de la carriole, dans les interstices duquel on voyait la route, s'entassaient une caisse à claire-voie qui contenait le service de table, une malle aux coins de cuivre abritant l'argenterie, et une autre en osier, façon pique-nique.

Cette dernière malle se trouvait sous mon banc, comme si elle recelait un en-cas de poulet froid accompagné d'une demi-bouteille de champagne qu'on aurait pu y prendre, en se penchant à peine, et qu'on aurait bue au goulot dans un débordement d'écume. Mon paletot, en revanche, contenait mon casse-croûte : un morceau de miche et une boîte de sardines. Mère ne voudrait pas d'une pareille pitance et préférerait attendre notre arrivée à Bordeaux pour reconnaître qu'elle avait faim.

Nous avancions le long de la rivière. Une vapeur montait de sa surface immobile. On voyait que les fougères, au bord du chemin, étaient trempées. L'humidité nous enveloppa tout à fait lorsque nous obliquâmes vers les sous-bois, à flanc de colline. J'avais mis Prince au pas; la route montait. Mère ferma un peu plus haut le col de son manteau en serrant l'étole de renard dont elle caressa comme d'un animal domestique la fourrure hérissée.

Deux virages en S nous ramenaient sur le coteau qui surplombe, d'à peine plus haut que la crête des chênes et des pins, la vallée embrumée. Nous avons laissé sur notre droite, au-dessous de nous, la route principale qui conduit à la gare aujourd'hui abandonnée où nous étions arrivés cinq ans plus tôt, avec Père et Zoé. Nous allions continuer en redescendant par l'autre versant vers la plaine qui s'étendait maintenant devant nous, s'incurvant à peine de droite et de gauche au gré des vignes qui venaient finir, en rangs parallèles, tout au bord des talus.

J'avais remis Prince au trot. J'écoutais de nouveau le claquement cadencé de ses fers sur les cailloux. Je vérifiai que son antérieur droit dont il avait souffert la semaine passée sonnait aussi fort que les autres. Avant de partir, je m'étais assuré que son boulet n'était plus enflammé, qu'il n'était même plus douloureux au toucher. Pourtant, il me semblait maintenant qu'il relevait son paturon droit un peu plus vivement que l'autre. Nous courions au milieu des vignes dont j'aurais pu, de mon fouet, toucher le dernier piquet, court et incliné, de chaque rang que terminait un rosier taillé court. Malgré le ciel voilé du matin et la fraîcheur de l'air, le poil de Prince luisait de sueur. Il faudrait bientôt s'arrêter, le laisser souffler.

Je me tournai complètement vers Mère. Elle avait la tête renversée contre le dossier de son fauteuil et, les bras croisés, paraissait dormir. J'ai eu envie de lui dire, encore une fois : « Est-ce que tout va bien ? » Mais j'ai de nouveau fait face à la route et j'ai observé sans rien dire la croupe de notre petit cheval où jouaient de part et d'autre deux longs sillons verticaux. J'ai soufflé dans mes doigts pour les réchauffer.

— On voit bien que la saison s'avance.

C'était Mère qui s'était redressée, s'appuyant aux accoudoirs du fauteuil. Elle souriait comme si elle s'adressait à l'une de ses amies, en la recevant à l'heure du thé.

Oui, bien sûr, il était tard dans la saison. On le voyait aux arbres dont certains jaunissaient, aux vignes vendangées, aux flaques d'eau qu'avaient laissées, au bout des rangs, les premières pluies d'automne. Mais je n'ai rien répondu à Mère, parce qu'elle avait pris sa voix de ville, sa voix de bonne compagnie pour parler de la pluie et du beau temps, comme lorsqu'on regardait de notre fenêtre l'orage monter au-dessus de Bordeaux. Aujourd'hui, nous n'avions pas même un parapluie de berger pour nous abriter du mauvais temps ; la moindre averse nous tremperait.

Non, j'ai craché entre mes dents, comme Mathieu, et aussi en pensant à lui, parce qu'il n'était plus guère en état d'envoyer trois pas devant lui un jet de salive couleur de tabac. Et j'ai pris un peu de son intonation pour annoncer :

— Il faut s'arrêter, pour le cheval.

Mère n'a rien dit. Son silence signifiait peut-être : « Très bien », ou : « C'est entendu ».

Nous avons fait halte au bout d'une vigne, dans un tournant qui nous dérobait à la vue. Je n'ai pas dételé Prince. Il a secoué son harnais comme pour me montrer qu'il n'était pas dupe. Puis il a allongé le cou vers le fossé que cachaient des touffes de graminées dont il se mit à écraser les épis entre ses dents, mastication qu'il n'interrompait que pour surveiller une prairie, de l'autre côté d'une haie de vergnes.

Il avait vu, avant nous, une jument de selle qui coupait la diagonale du pré. Elle venait vers nous, au trot, la tête haute. Prince lui envoya le bonjour, lui le demi-trait à la croupe ronde, bien campé sur ses jambes, un bonjour de voyou, moins désinvolte que sans-gêne, amical aussi. Il tira un peu la voiture, malgré son frein serré, pour passer la tête au-dessus de la haie. Maintenant il la regardait venir en oblique : elle avait ralenti son allure, battant plus haut des antérieurs, décomposant plus lentement chacune de ses battues au fur et à mesure que la distance qui la séparait de Prince se réduisait.

Elle était enfin devant lui. On voyait qu'elle avait été étrillée, sa crinière peignée. Il y avait tout de même un brin de paille qui tranchait dans les poils bruns. Mais ce n'était qu'une coquetterie de plus. Elle était sûre de son charme, la salope. Elle prit son temps pour répondre à notre étalon, d'un hennissement bref qui était lui-même une question.

Elle trottait sur place, arrondissant l'encolure comme si un cavalier invisible la retenait. Elle se plaça de profil, juste de l'autre côté des petits arbres décapités. Prince, sans craindre les estafilades, appuyait son poitrail sur leurs branches pointues. Il tapait du pied, faute de pouvoir se dégager des brancards et nous planter là, dans le fossé, avec notre carriole et notre déménagement, notre misère et notre connerie.

La jument, après l'oblique, exécuta un demi-tour : la volte renversée des manèges, comme si le même cavalier invisible la guidait. Elle reculait maintenant vers nous à tout petits pas, pointus, dansés. Elle se dandinait, roulant d'un postérieur sur l'autre, posant le sabot délicatement dans les herbes humides, à la manière d'une femme sur ses hauts talons. Elle nous montrait sa nature, la pute ! Prince allongeait le cou ; il bandait déjà de toutes ses forces. Je me suis approché de la haie à mon tour, et relâchant la lanière de mon fouet je l'ai fait tournoyer au-dessus de ma tête avant de cingler en travers la vulve de la jument. Sous le choc, elle bondit, s'arrachant d'un coup de reins, et partit d'un galop syncopé, entrecoupé de ruades tantôt à gauche, tantôt à droite. Elle ne reviendrait pas s'y frotter !

Prince savait ce qui allait lui arriver ; il ne bougeait plus, tournant ses oreilles de mon côté. J'armai mon bras pour faire claquer mon fouet et je lui envoyai le coup horizontalement vers le ventre. Mais je l'avais chanstiqué et je ratai son membre décapuchonné. Prince s'était reculé dans les brancards, mais le frein ne cédait pas. Il parut se résigner à un châtiment qui ne vint pas : j'avais abaissé le fouet et, tout à coup pressé, j'avais lancé à Mère :

— On a assez traîné comme ça.

Mère, au bord de la route, regardait vers les hauteurs couvertes de vignes dont les rangs inclinés descendaient vers nous, et où le soleil maintenant dégagé des nuages découpait des ombres alternées. Mère paraissait n'avoir rien vu de la scène. Elle approuva de la tête. Je l'aidai à remonter en voiture ; elle reprit sa place dans le fauteuil Voltaire.

Prince repartit au plus léger claquement des guides. La route descendait légèrement devant nous ; je le laissai aller à son train. Je sortis le pain de ma poche, en coupai un morceau que je mastiquai avec soin, en n'avalant chaque bouchée que lorsque je l'avais réduite à l'état de bouillie sucrée. Je gardai le reste, ainsi que la boîte de sardines, pour la prochaine halte.

Elle eut lieu dans un village dont toutes les maisons avaient leurs volets fermés. Une église au porche roman, à peine plus haute qu'une chapelle et surmontée d'un clocher tronqué, se dressait à l'angle d'une petite place carrée.

— Saint-Hélier, annonça Mère. Quelle chance ! Il y a si longtemps que je voulais la visiter. Elle n'était pas bien loin, pourtant, mais nous ne nous y sommes jamais arrêtés, pressés que nous étions d'atteindre des destinations qui nous paraissaient alors plus importantes.

Elle se tut un instant comme si elle allait rassembler sa pensée en un aphorisme d'almanach, exprimant cette sagesse qui nous était venue, bien tardivement. Plissant ses yeux qui en plein soleil paraissaient d'un bleu plus intense, elle détaillait du regard le porche aux pierres usées.

Baissant la voix, elle me dit en confidence :

— Tu sais que cette église qui n'a l'air de rien contient des fresques très prisées par les historiens de l'art ?

Je ne le savais nullement. Je l'aidai à descendre pour qu'elle pût, à loisir, admirer la façade, le clocher sans flèche, le chœur, l'abside, tous les vitraux, s'il y en avait.

Une fontaine occupait le centre de la place. Quelques enfants y faisaient flotter un bateau en papier. Je m'approchai, tenant Prince par la bride. Devant le bassin où coulait en éclaboussant un filet d'eau, il secoua la tête pour atteindre plus vite la margelle et, reniflant de plaisir, but à longues gorgées.

Les gamins avaient abandonné leurs jeux et nous entouraient, nous observant en silence. La voiture, avec ses petites roues aux jantes noires et jaunes et ses pneus que la route avait rendus brillants, ne ressemblait pas du tout à une charrette de paysan et Prince, faisant sonner ses fers sur le pavé, montrait qu'il avait du sang. Mais il y avait ce fauteuil, derrière, et la grande glace que des cordes attachaient aux ridelles. Les morveux — ils étaient trois plus un mioche, sans doute le frère du plus grand — s'arrachaient les yeux devant le spectacle. On devinait les questions qu'ils se posaient. Ils m'interrogeaient du regard, détaillant mes vêtements, presque des guenilles en vérité : le bénard qui me remontait aux aisselles, le paletot rase-pet sur lequel la pluie avait laissé des auréoles, les bottines « cavalerie » aux semelles trouées. Eux n'étaient pas mieux vêtus en réalité, mais leur chemise était propre et le plus jeune avait les cheveux fraîchement coupés. Les miens dépassaient le col de ma veste, à la mode des romanichels qui, les jours de marché, nous proposaient des paniers.

Des romanichels, c'était ce qu'ils avaient pensé de nous. J'étais sûr d'avoir entendu le mot, chuchoté derrière moi. Et puis un des chiards essaya de saisir la bride de Prince, l'empêchant de boire.

— Laisse-le !

J'avais crié, à pleine gorge, en patois, comme l'aurait fait Mathieu.

Le gamin m'avait regardé avec étonnement : je parlais comme eux ; je n'étais pas un romano.

Je lui montrai mon fouet au bout de mon bras tendu :

— J'ai ce qu'il te faut, sinon !

Je me retournai vers les autres. Ils reculèrent de quelques pas sans cesser d'observer mes gestes. Maintenant, ils me détestaient vraiment. Car ils savaient que je ne pouvais venir de bien loin, avec ces intonations qui hachaient le dialecte comme autant de points d'exclamation. Je leur tournai le dos, non sans avoir craché, encore une fois, loin devant moi.

Prince avait fini de boire. Je le fis reculer et je le ramenai devant le parvis de l'église. Là, je lui donnai son picotin : le fond d'un sac d'avoine que j'avais gardé jusque-là. Il y plongea la bouche sans se faire prier. Quelle journée ! Que de surprises ! Je lui grattai le front entre les oreilles pour me faire pardonner mon coup de fouet de tout à l'heure. Je me baissai pour lui tâter le boulet qui l'avait fait souffrir.

Je lui dis :

— Prince, tu es comme moi, avec tes chevilles enflées.

Parce qu'en réalité la cheville, chez les chevaux, se trouve où on croit voir, comme chez l'homme, le genou. Et les miens, depuis Saint-Symphorien, me faisaient souffrir de temps à autre quand le temps change et qu'on attend la pluie.

Prince pencha la tête vers moi et, répondant à ma tape amicale, releva le sabot, me laissant l'examiner. Je brossai le talon de la main et, de la lame de mon couteau, j'enlevai un copeau de corne fendue. Puis, assis sur les marches de l'église, je mangeai à mon tour. La boîte de sardines ouverte, j'en épongeai l'huile avec un peu de pain rassis qui s'émiettait sous mes doigts.

Mère sortit enfin de l'église. Est-ce qu'elle y avait accompli ses dévotions ? Renouvelé solennellement les vœux de son baptême ? Elle aurait bien pu en profiter pour demander un miracle ; il serait arrivé pour nous à point nommé. Pas un de ces miracles édifiants, avec visions apologétiques, sonneries de cloches, mais plutôt un de ces retours de fortune, très banals, très ordinaires, et qui nous prouvent d'autant mieux que la Providence ne nous abandonne pas. Oui, brûler un cierge ou deux, c'était bien le moins dans notre situation. Mais sans doute Mère s'était-elle contentée d'une adoration muette, si pâle et si fade qu'inversée elle n'aurait pas même pu être un blasphème.

— Nom de Dieu, Prince, tu vas attendre !

Notre cheval avait fini de manger ; il était impatient de repartir et tirait sur l'attelage.

— Adam ! viens voir les fresques, à l'intérieur, elles sont extraordinaires ! Leurs couleurs sont si vives qu'on les croirait peintes d'hier.

Du porche, Mère m'interpellait. Je la suivis dans l'église. Le plus extraordinaire, c'était la dégaine de Jésus au milieu de ses gardes : un vagabond aux pieds nus mais aux longs cheveux coiffés avec soin et que les événements de la journée, la chaleur du voyage, la poussière des chemins n'avaient ni dérangés ni salis. Et aussi Marie-Madeleine, dans un coin, en robe d'intérieur qui moulait ses petits seins, faisant la moue, un peu comme Zoé autrefois. Mais les soudards, quels profils ! Des nez à la Cyrano de Bergerac, des mentons bleus de barbe. Enfin, l'authenticité historique n'avait guère préoccupé le peintre anonyme. Les hommes de la cohorte romaine portaient la bourguignotte, la salade et le morion à la mode du XVe ou du XVIe siècle, détaillés avec la précision des planches de notre *Larousse illustré*.

— C'est une peinture tardive, commenta Mère, comme si mon silence avait contenu cette objection-là.

Au pied d'un pilier, je remarquai une pièce de cent sous que j'enfouis aussitôt dans ma poche. Une dévote à demi aveugle avait dû rater la fente du tronc, juste au-dessus. Si Mère n'avait pas été tout près, je l'aurais ouvert avec le poinçon de mon couteau — un jeu d'enfant. Le tronc était destiné aux pauvres de la paroisse. Les pauvres, c'était nous. Et encore avions-nous de la route à faire avant de nous coucher. En remettant mon couteau dans ma poche, j'ai continué le tour du déambulatoire, en traînant les pieds.

De l'autre côté du maître-autel, Mère redescendait lentement l'allée médiane. Je la suivis. Sur les carreaux dont presque tous les coins étaient cassés, nos pas résonnaient ensemble. Leur rythme était devenu celui d'une procession muette que l'orgue, au-dessus des vantaux de la porte, n'accompagnait pas des premières notes, profondes et longuement tenues, d'une marche nuptiale.

Ensuite, nous avons retrouvé la lumière du jour et la place vide avec sa fontaine d'où les gamins de tout à l'heure étaient partis. Prince était en train de pisser entre ses brancards. Nous sommes remontés en voiture. Il ne s'agissait plus de traîner. Avant de partir, j'ai quand même resserré les cordes qui maintenaient le miroir et calé le fauteuil où Mère se rassit.

L'après-midi s'avançant, le soleil chauffait un peu, malgré la saison. Mère avait cependant conservé son renard autour du cou. Notre petit cheval filait de nouveau au grand trot sur une route plate et rectiligne qui divisait une plaine aux dimensions de l'estuaire. Plus tard, nous nous sommes rapprochés de la Garonne au-dessus de laquelle tournaient, trois par trois, des mouettes. Nous traversions maintenant les faubourgs de la rive droite, enfilade de maisons basses que chaque carrefour multipliait. Je reconnaissais toutes ces rues où on n'apercevait personne et que coupent d'autres rues descendant vers le fleuve dont les toits des entrepôts barrent tout l'horizon.

Debout à l'avant de la voiture, j'encourageai de la voix Prince que je fis tourner, sans qu'il ralentît aucunement, dans l'avenue François-Mauriac, bordée de tilleuls taillés en boule. Le pont de pierre s'élevait devant nous; il nous ouvrit toute la ville d'un seul coup : la flèche de Saint-Michel, celle de Saint-

André, et au-devant les tours noircies de la porte des Salinières ainsi que la courbe assoupie des quais avec, au-dessus des toits et déjà bas sur l'horizon, le disque intensément rouge du soleil.

Je me retournai vers Mère pour, d'un sourire, lui signifier que nous arrivions au bout de nos peines. Mais les rayons qui allumèrent soudainement notre miroir m'aveuglèrent tout à fait. Je fermai les yeux sur ce brasier qui me brûlait jusqu'au fond des orbites et que je continuais à voir dans l'obscurité. Je me cachai le visage dans les mains pour mieux me protéger de l'incendie que je sentais encore derrière mes doigts crispés sur mes paupières baissées. Surtout, je ne voulais pas que Mère me vît pleurer. À tâtons, je reposai les guides sur leur taquet et je laissai filer Prince qui, sentant l'écurie, allongeait le trot, à la manière d'une valse à trois temps dont le rythme de plus en plus vif s'enlève et que soulignent des castagnettes claquant aussi menu que les sabots de notre étalon sur le pavé de bois.

Mais vers quelle écurie se pressait-il ? Sans doute bientôt celle d'un maraîcher ou d'un commissionnaire chez qui il achèverait sa carrière de bête de somme sous des coups de fouet bien plus redoutables que les miens, tout cela avant l'abattoir. Mais cela ne l'empêchait pas, comme nous, de se ruer vers sa mort à pleine vitesse, et bien vaillamment. Dans la nuit de mes paupières closes, je pensai que tout de même, pour Mère et moi, c'était une nouvelle vie qui allait commencer. Nous reprenions, comme ça, tous les deux, en mesure, au tout début.

Cet ouvrage a été composé
par l'Imprimerie BUSSIÈRE
et imprimé sur presse CAMERON
dans les ateliers de la S.E.P.C.
à Saint-Amand-Montrond (Cher)
en juillet 1992

N° d'édit. : 13873. N° d'imp. : 1426
Dépôt légal : Avril 1992.

Imprimé en France